호질
양반전

지혜의 샘 시리즈 **21**

호질 양반전

초판 1쇄 발행 | 2016년 05월 10일
초판 2쇄 발행 | 2016년 05월 30일

지은이 | 박지원
옮긴이 | 엄인정

발행인 | 김선희 · 대 표 | 김종대
펴낸곳 | 도서출판 매월당
책임편집 | 박옥훈 · 디자인 | 윤정선 · 마케터 | 양진철 · 김용준

등록번호 | 388-2006-000018호
등록일 | 2005년 4월 7일
주소 | 경기도 부천시 소사구 중동로 71번길 39, 109동 1601호
        (송내동, 뉴서울아파트)
전화 | 032-666-1130 · 팩스 | 032-215-1130

ISBN 979-11-7029-134-3 (02810)

이 도서의 국립중앙도서관 출판시도서목록(CIP)은 서지정보유통지원시스템 홈페이지(http://seoji.nl.go.kr)와 국가자료공동목록시스템(http://www.nl.go.kr/kolisnet)에서 이용하실 수 있습니다.(CIP제어번호 : CIP2016010518)

지혜의 샘 시리즈 21

호질 양반전

박지원 지음 | 엄인정 옮김

매월당
MAEWOLDANG

차 례

호질
虎叱

호
질

　　호랑이는 슬기롭고 성스러우며 문무文武를 겸비하고 자상하고 효성스러우며 지혜가 있고 어질며 웅장하고 용맹스럽고 씩씩하고 용기가 있어 그야말로 세상에 맞설 자가 없다.

　　그러나 비위(가상의 맹수로 원숭이의 일종)는 호랑이를 잡아먹고, 죽우(검은빛을 띤 가상의 맹수)도 호랑이를 잡아먹고, 박(가상의 맹수)도 호랑이를 잡아먹고, 오색사자는 큰 나무가 서 있는 산꼭대기에서 호랑이를 잡아먹고, 자백(말과 비슷하게 생긴 동물)은 날아다니며 호랑이를 잡아먹고, 표견(개를 닮은 날쥐)도 날아다니며 호랑이와 표범을 잡아먹고, 황요(개와 표범과 비슷한 동물)는 호랑이와 표범의 심장을 꺼내서 먹는다. 그리고 활(뼈가 없는 가상의 동물)은 호랑이와 표범에게 일부러 잡아먹힌 뒤 뱃속에서 그 간을 뜯어먹고, 추이(호랑이를 잡아먹는 범의 한 종류)는 호랑이를 만나기만 하면 갈가리 찢어서 먹는다.

호랑이가 맹용(짐승 이름)을 만나면 무서워서 눈을 내리깔고 감히 보지를 못하는데, 사람들은 맹용은 두려워하지 않고 호랑이만 두려워하니 호랑이의 위세가 참으로 대단하다.

호랑이가 개를 먹으면 취하고, 사람을 먹으면 조화를 부리게 된다. 호랑이가 사람을 한 번 잡아먹으면 그 사람의 혼인 창귀(호랑이의 앞장을 서서 먹을 것을 찾아준다는 못된 귀신)가 굴각(창귀의 이름)이 되어 호랑이의 겨드랑이에 붙어살면서 호랑이로 하여금 남의 집 부엌으로 들어가 솥을 핥게 만든다. 그러면 그 집 주인은 배가 고

파지고 한밤중에라도 아내에게 밥을 짓게 한다.

　호랑이가 두 번 사람을 먹으면, 그 창귀는 이올(창귀의 이름)이 된다. 이올은 호랑이의 광대뼈에 붙어사는데, 높은 곳으로 올라가 사냥꾼의 동정을 살피다가 만약 골짜기에 함정이나 쇠뇌(쇠로 된 발사 장치가 달린 활)가 있으면 먼저 가서 그것을 못 쓰게 만들어버린다.

　호랑이가 세 번 사람을 먹으면, 그 창귀는 육혼(창귀의 이름)이 된다. 육혼은 호랑이의 턱에 붙어살면서 평소 그가 알고 지내던 친구들의 이름을 계속 부른다.

　어느 날 호랑이가 창귀들을 불러 놓고 말했다.

　"해가 저물고 있는데 어디서 먹을 것을 구할 수 있겠느냐?"

　그러자 굴각이 말했다.

　"제가 점을 쳐보니 뿔도 없고 날개도 없는 검은 머리 짐승이 있습니다. 눈 위에 발자국이 나 있는데 걸음이 서툴고 뒤통수에 꼬리가 붙어 있어서 꽁무니를 감추지 못하는 그런 놈입니다."

이에 이올이 말했다.

"동문東門에도 먹을 것이 있는데 바로 의원이라는 자입니다. 의원은 온갖 풀을 먹어 살과 고기가 향기롭습니다. 그리고 서문西門에도 먹을 것이 있는데 무당이라는 자입니다. 수많은 귀신들을 모시느라 매일 목욕을 하기에 고기가 깨끗합니다."

그러자 호랑이는 수염을 뻗치며 몹시 화가 나서 말했다.

"의원은 의심스러운 놈이다. 확실하지도 않은 치료법으로 다른 사람들을 시험하며 해마다 수만 명을 죽이고 있다. 또 무당이라는 자는 귀신을 속이고 백성들을 유혹해 해마다 수만 명의 사람을 죽음에 이르게 한다. 그러니 많은 이들의 노여움이 그들의 뼛속에 스며들어 금잠(누에의 한 종류로서 금잠의 똥을 음식에 넣으면 독으로 변함)이 되었을 것이다. 그러니 어찌 그것들을 먹을 수 있겠느냐?"

이에 육혼이 말했다.

"숲속에도 맛있는 고기가 있는데 어진 간과 의로운 쓸개, 충성스러움과 순결한 마음을 품고 있습니다. 또한 음악을 익히고 예의를 갖추었습니다. 게다가 입으로는 백가百家(유명한 여러 학자들)의 말을 외고, 마음은 만물의 이치를 꿰뚫고 있기에 석덕碩德(덕이 높은 선비)이라고 합니다. 등에 살이 많고 몸이 기름지기에 다섯 가지 맛을 모두 갖추고 있습니다."

그러자 호랑이는 눈을 치켜뜨며 침을 흘리더니, 하늘을 우러러 웃으면서 말했다.

"선비라는 자에 대해 좀 더 자세히 듣고 싶구나."

귀신들은 서로 다투어 선비에 대한 찬사를 늘어놓았다.

"하나의 음과 하나의 양을 합쳐 도道라고 일컫는데 선비는 이것을 꿰뚫습니다. 또한 우주의 만물인 오행五行과 세상의 여섯 가지 기운인 육기六氣를 선비가 이끈다고 하니 이보다 더 맛 좋은 것은 없을 것입니다."

이 말을 들은 호랑이는 낯빛이 어두워지며 씁쓸한 말

투로 말했다.

"음양이라는 것은 원래 한 기운인데 둘로 나뉘었으니 고기가 잡힐 것이다. 또한 오행은 제각기 자리가 있기에 서로 낳는 것이 아닌데, 억지로 그 바탕을 자모子母로 갈라서 짜고 신맛으로 나누었으니 그 맛이 순수하지 못할 것이다. 게다가 육기 또한 스스로 행해지는 것이라 남이 이끄는 것이 아닌데, 선비라는 자들이 감히 세상의 이치를 들먹이며 자신의 공이나 세우려 하고 있다. 그러니 그런 놈들을 먹었다가는 너무 딱딱해서 체하거나 역겹지 않겠느냐?"

한편 '정鄭'이라는 고을에 살면서 벼슬에 욕심이 없는 척하는 북곽선생北郭先生이라는 선비가 하나 있었다. 마흔 살의 그는 책 1만 권을 손수 교정했고, 구경九經(중국의 아홉 가지 경전으로 즉 《시경》, 《서경》, 《역경》, 《춘추좌씨전》, 《예기》, 《주례》, 《효경》, 《논어》, 《맹자》를 이름)의 뜻을 풀이해 1만 5천 권이나 되는 책을 다시 썼다. 그리하여

임금이 그의 뜻을 높이 평가했고 제후들도 그 이름을 사모하였다.

이 마을 동쪽에는 동리자東里子라고 불리는 아름다운 과부가 살고 있었다. 임금은 그녀의 지조를 높이 샀고 제후들도 그 어진 마음을 사모하였다. 그리하여 동리자가 살고 있는 고을 주변의 땅을 '동리 과부의 마을'로 지정하였다. 이렇듯 동리자는 지조 있는 과부로 알려져 있었다. 그러나 실상은 아들이 다섯이었고 각각 성이 달랐다.

어느 날 밤이었다. 동리자의 다섯 아들은 방문 앞에 모여서, 문틈으로 방 안을 엿보며 서로 노래를 불렀다.

강북에는 닭 우는 소리 들리고
강남에는 별이 반짝이는데
방 안에서 들리는 저 목소리는
북곽선생과 참으로 비슷하구나

그때 동리자가 북곽선생에게 말했다.

"오랫동안 선생님의 덕을 사모해 왔습니다. 오늘 밤에는 선생님의 글 읽는 소리를 듣고 싶습니다."

북곽선생은 옷깃을 가다듬고 무릎을 꿇고 앉아 시를 읊었다.

원앙새는 병풍에 있고
반딧불은 반짝이네
가마솥과 세발솥(성이 각기 다른 다섯 아들을 비유함)은
무엇을 본떠 만들었는가
흥이라

그러자 다섯 아들은 이렇게 말했다.

"예부터 남자는 과부의 집 문에는 함부로 들어가지 않는 법인데, 게다가 북곽선생은 어진 분이신데 그분이 그러실 리 없어."

"들자하니 정읍鄭邑의 성벽이 허물어져 여우가 구멍

 016 호질 양반전

을 냈다고 하던데."

"또 여우가 천년을 묵으면 사람으로 둔갑한다더니 저 것은 분명 그 여우가 북곽선생으로 변한 것일 게야."

그러고 나서 그들은 의논하기 시작했다.

"듣자하니 여우의 갓을 얻으면 대단한 부를 누리고, 여우의 신을 얻으면 대낮에도 모습을 감출 수 있으며, 또 여우의 꼬리를 얻으면 누구든 그 사람을 좋아한다고 하던데 우리가 저 여우를 잡아서 나눠 갖는 게 어때?"

그리하여 다섯 아들은 어머니의 방을 에워싸며 함께 쳐들어갔다. 그러자 북곽선생은 몹시 놀라 달아났으나, 혹시라도 사람들이 자신을 알아볼까 겁이 나 한 다리를 비틀어서 목덜미에 두르고 귀신처럼 춤추고 웃으면서 문을 나서다가 넘어져서 들판 한가운데에 있는 똥구덩 이에 빠져버렸다.

북곽선생은 똥구덩이에서 허우적거리다가 겨우 기어 나왔다. 그런데 머리를 내밀고 바라보니 호랑이가 바로 코앞에 있는 것이 아닌가.

호랑이는 이마를 찌푸리며 구역질을 하더니 코를 틀어막고 고개를 돌리며 탄식하며 말했다.

"아이쿠, 이 선비, 구린내 한번 지독하구나!"

북곽선생은 머리를 조아리며 앞으로 기어 나와 큰절을 세 번 하고는 꿇어앉아 호랑이를 올려다보며 말했다.

"호랑이님의 덕은 참으로 지극하십니다. 성인은 그 변화됨을 본받고 임금은 그 걸음걸이를 배웁니다. 사람의 자식들은 그 효성을 본받으며 장수들은 그 위엄을 취하려 합니다. 고귀하신 이름은 신룡神龍과 함께 짝을 이루어 바람을 일으키고 구름을 만드시니 하늘 아래 저같이 미천한 백성은 그 아래에 있을 따름입니다."

그러나 호랑이는 오히려 그를 꾸짖었다.

"가까이 오지 마라! 선비는 아첨을 잘한다더니 듣던 대로구나. 너희들은 평소에 천하의 온갖 악한 말로 나를 욕하더니 다급하니까 눈앞에서 아첨을 떠는구나. 그러니 누가 그 말을 믿겠느냐. 세상의 이치는 하나인 것이다. 호랑이의 성품이 악하다면 사람의 성품 또한 악

할 것이고, 사람의 성품이 착하다면 호랑이의 성품도
착한 것이니라.

　너희들이 하는 모든 말들은 오상五常(사람이 지켜야 할
다섯 가지 도리로서 인仁·의義·예禮·지智·신信)과 사강
四綱(네 가지 도덕 예禮·의義·염廉·치恥)을 벗어나지 않
는다. 그러나 도읍에는 코 베인 사람과 발 잘린 사람,
얼굴에 먹물로 죄인이라는 글자를 새긴 채 돌아다니는
사람이 넘쳐난다. 이들은 모두 오상을 어긴 자들이다.
그럼에도 형벌에 필요한 밧줄이나 먹물, 톱이나 도끼
같은 물건은 늘 모자랄 지경이니 그 악행을 막을 수가
없다.

　그러나 호랑이의 세계에서는 이러한 형벌이 없다. 그
러니 호랑이의 성품이 사람보다 어진 것이 아니겠느냐.
우리 호랑이는 풀과 나무도, 벌레나 물고기도 먹지 않
는다. 술처럼 나쁜 것을 좋아하지 않으며 자잘한 것들
은 먹지 않는다. 산에 가서 노루와 사슴을 사냥하고 들
에 가서는 말과 소를 사냥하지만 음식을 가지고 서로

다투지는 않으니, 우리 호랑이들이야말로 올바른 도道를 행하고 있는 것이다.

너희들은 우리 호랑이가 노루나 사슴을 먹는 것은 신경 쓰지 않으면서, 말이나 소를 잡아먹으면 원수처럼 여기더구나. 사슴은 너희 인간들에게 별로 쓸모가 없지만 말과 소는 큰 도움이 되기 때문이 아니겠느냐.

그러나 너희 인간들은 말과 소를 타고 부리면서도 그들을 보살펴주기는커녕 이들을 죽여 날마다 푸줏간을 가득 채우며, 심지어 그들의 뿔과 갈기마저 빼앗아버린다. 게다가 너희들이 노루와 사슴마저 잡아가 버리니, 우리 호랑이들은 먹을 것이 없어 굶주리게 되었다. 그러니 하늘의 뜻에 따라 공평한 처분을 내린다면 내가 너를 잡아먹어야겠느냐 말아야겠느냐.

본디 남의 것을 빼앗는 자를 '도盜'라 하고 괴롭히며 생명을 빼앗는 자들을 '적賊'이라 한다. 그런데 너희들은 밤낮으로 팔을 걷어붙이고 눈을 부릅뜨며 남의 것을 빼앗으면서도 부끄러워하지 않는다. 심지어 돈을 형이

라 부르고, 장수가 되려고 아내를 죽이는 놈도 있으니 이러면서도 너희들이 인간의 도리를 운운하는 것이냐.

그뿐만이 아니다. 너희들은 메뚜기한테서 먹을 것을 빼앗고, 누에한테서 입을 것을 빼앗으며, 벌한테서는 꿀을 빼앗아 먹는다. 심지어 개미 알로 젓을 담가 조상의 제사를 지내기도 하니 세상에 너희들만큼 잔인하고 야박한 자들이 어디 있겠느냐.

너희들은 매번 하늘의 뜻이라고 말하는데, 하늘의 뜻이라 하면 호랑이나 사람이나 다 같은 동물이다. 천지天地가 만물을 낳아서 기른 그 어진 뜻을 살펴보면 호랑이나 메뚜기, 누에, 벌, 개미도 모두 사람과 마찬가지인 것이다. 그럼에도 불구하고 너희들은 벌과 개미의 집을 부수고 메뚜기와 누에의 먹이를 빼앗아 간다. 그러니 너희들이야말로 세상에서 가장 큰 도적이 아니겠느냐.

우리 호랑이가 표범을 잡아먹지 않는 이유는 차마 동족을 해칠 수 없기 때문이다. 그리고 호랑이가 노루나 사슴을 잡아먹는 것은 사람이 노루와 사슴을 잡아먹는 것보다 많지 않다. 우리 호랑이가 말과 소를 잡아먹는 것 또한 너희들이 말과 소를 잡아먹는 것보다 많지 않다. 또한 호랑이가 사람을 잡아먹는 것을 살펴보아도 사람들이 서로를 잡아먹는 것만큼 많지 않다.

지난해 관중 지방에 큰 가뭄이 들어 굶주린 백성들이 서로를 잡아먹은 것이 수만 명에 이른다. 또 그전에 산동 지방에 큰 홍수가 나서 백성들이 서로를 잡아먹은 것이 수만 명에 이른다. 그러나 그것은 춘추시대에 비하면 아무것도 아니다. 춘추시대에는 정의라는 명분으로 일으킨 싸움이 열일곱 번이요, 원수를 갚기 위해 일으킨 싸움이 서른 번이었는데, 그때 흘린 피가 천 리나 되고 시체는 백만이나 쌓였다.

그러나 우리 호랑이의 세계는 가뭄이나 홍수를 걱정하지 않기에 하늘을 원망하지 않고, 원수를 갚을 필요도, 은혜에 보답할 필요도 없기에 남들의 미움을 사지 않는다. 우리는 스스로의 운명에 따라 살기에 무당이나 의원의 간사함에 넘어가지 않고, 본디 바탕대로 살아가

기에 세속의 이로움을 좇지 않는다. 이것은 우리 호랑이들이 지혜롭고 성스럽기 때문인 것이다.

우리 호랑이는 다른 어떤 무기도 쓰지 않고 오직 날카로운 발톱과 이빨만을 사용하여 온 세상에 용맹스러움을 떨쳤다. 그릇에 호랑이와 원숭이를 그려 넣는 것은 세상에 효孝를 알리기 위함이며, 하루에 한 번 까마귀와 솔개, 개미한테 먹이를 나누어준다. 그리고 아첨하는 자, 병이 있는 자, 상복 입은 자는 잡아먹지 않으니 우리 호랑이의 어진 마음과 의로움은 말로 다 설명할 수 없다.

그런데 너희들은 덫과 함정도 모자라 새 그물, 노루 그물, 물고기 그물 따위를 놓으니, 제일 처음 그물을 만든 자는 세상에서 가장 악한 자다. 게다가 쇠바늘, 세모 창, 큰 창, 긴 창까지 만들었으며 대포라는 것을 만들어 산을 울리고 천둥보다 더 사나운 불길이 치솟게 만들지 않았더냐.

게다가 너희들은 보드라운 털을 다듬어 아교를 붙여

날을 만들되, 끝은 대추씨처럼 뾰족하고 길이는 한 치도 못 되는 이것을 오징어 먹물에 담갔다가 가로 세로로 멋대로 치고 찌른다. 그 굽음은 세모창 같고, 날카로움은 삭은 갈 같고, 예리함은 긴 칼 같고, 갈라짐은 가지창 같고, 곧음은 살 같고, 팽팽하기는 활 같아서, 이 무기가 한 번 움직이면 모든 귀신들이 한밤중에 곡哭할 지경이라니, 너희들만큼 서로를 잔인하게 잡아먹는 놈들이 어디 있겠느냐.”

북곽선생이 뒤로 물러나 한참을 엎드렸다가 주춤하면서 일어나 두 번 절을 하고는 거듭 머리를 조아리며 말했다.

“전傳에 이르기를, 비록 악한 사람이라 하더라도 목욕재계하면 하늘을 섬길 수 있다고 하였으니 하늘 아래 이 천한 백성은 감히 밑에 있겠습니다.”

그리고 나서 숨을 죽이며 오랫동안 기다렸으나 호랑이는 한참 동안 아무 말이 없었다. 그러자 북곽선생은 진실로 황송하고 두려워 손을 마주잡고 머리를 조아리

다가 고개를 들어보니 동쪽에서는 해가 뜨고 호랑이는 이미 사라지고 없었다.

그때 마침 밭을 갈러 나온 농부가 물었다.

"이렇게 이른 아침에 선생님께선 무슨 일로 들에 나오셔서 절을 하고 계십니까?"

북곽선생이 말했다.

"내 일찍이 들으니, 하늘이 높으니 감히 엎드리지 않을 수 없으며, 땅이 두터우니 기지 않을 수 없다고 했느니라."

양반전

양반이란 사족士族을 높여 부르는 말이다. 강원도 정선 고을에 한 양반이 살고 있었다. 그는 성품이 어질고 글 읽기를 매우 좋아했다. 그래서 고을에 군수가 부임해 올 때면 늘 이 양반을 먼저 찾아가 그에게 경의를 표했다.

그러나 그는 집이 몹시 가난해서 관아에서 곡식을 꾸어다 먹었는데 그것이 여러 해 쌓이다 보니 그 빚이 천 석이나 되었다. 그러던 어느 날, 관찰사가 이 고을을 둘러보며 관곡을 조사하다가 노여움을 금치 못하고 군수에게 말했다.

"어떤 놈의 양반이 군량미를 이렇게 축낸 것이냐? 당장 잡아들여라."

그러고 나서 관찰사는 군수에게 그 양반을 잡아들이라 명하였다. 군수는 명령을 받았지만 그 양반이 가엾어서 안타까운 마음이 들었다. 그 양반은 몹시 가난했기에 곡식을 갚을 수 없다는 걸 잘 알고 있었기 때문이다. 군수는 양반을 잡아다 가둘 수도 없고 명령에 복종하지 않을 수도 없었기에 난처한 입장이 되었다.

한편 이 소식을 들은 양반은 아무 대책이 없었기에 그저 눈물만 흘리고 있었다. 그러자 그 모습을 지켜보던 그의 아내가 남편에게 한 마디 했다.

"당신은 평생 글만 읽더니 관곡도 못 갚는 처지가 되었구려. 양반, 양반 하더니 그놈의 양반이라는 게 한 푼 어치도 못 되는 것이구려!"

마침 이 고을에는 부자 한 사람이 살고 있었는데 상황이 난처해진 양반의 얘기를 듣고는 식구들과 함께 이

일에 관해 의논하기 시작했다.

"아무리 가난해도 양반이라 하면 사람들은 그를 존경하는데 우리는 아무리 돈이 많아도 늘 천대받고 살지 않느냐. 말 한 번 못 타보고 양반 앞에선 어쩔 줄 몰라 굽실거려야 하고 무릎으로 기어가 땅바닥에 코가 닿게 절을 해야 하지 않느냐. 참으로 비참한 일이로다. 한데 지금 이 고을에 한 양반이 관곡을 갚지 못해 감옥에 갈 처지라니 더 이상 양반자리는 지키지 못할 형편인 것 같구나. 그래서 하는 말인데 내가 그 양반 대신 빚을 갚아주고 양반의 신분을 사려 하는데 어떻겠느냐?"

가족들과 상의한 끝에 부자는 즉시 양반을 찾아가 자기가 관곡을 갚아줄 테니 자신에게 양반 신분을 넘겨달라고 말했다. 그러자 양반은 몹시 기뻐하며 즉시 부자의 제안을 받아들였다. 부자는 곧 곡식을 싣고 관아로 가서 양반의 빚을 모두 갚아주었다.

한편 이 일이 어찌된 영문인지 알 수가 없었던 군수는 몹시 의아해하며 직접 양반을 찾아갔다. 그런데 양반은 벙거지를 쓰고 잠방이(남자의 홑바지)를 입고 나와 마당에 엎드려 절을 하는 것이었다. 그러면서 자신을 '소인'이라고 낮추며 감히 군수를 똑바로 쳐다보지도 못하고 쩔쩔맸다. 이 모습을 본 군수는 깜짝 놀라 양반을 일으켜 세우며 말했다.

"이게 대체 무슨 일이오? 왜 이러는 것이오?"

그러자 양반은 엎드린 채 더욱 머리를 조아리며 말했다.

"황송하옵니다. 소인은 양반자리를 팔아 빚진 곡식을 갚았으니 지금부터 양반이 아니며 이 고을의 부자가 양반입니다. 그러니 이제 소인이 어찌 양반 행세를 할 수 있겠습니까?"

이 말을 들은 군수는 감탄하며 말했다.

"그 부자가 진정 양반이구려! 부유하면서도 인색하지 않으니 의리가 있는 자요, 어려움에 처한 사람을 도와주었으니 어진 자요, 낮은 것을 싫어하고 높은 것을 좋아하니 지혜로운 자로다. 그 사람이야말로 진정한 양반

호질 양반전

이오. 하지만 양반자리를 사고팔면서 증서 하나 만들지 않다니 이는 나중에 소송이 생길 수도 있는 문제라오. 그러니 이 고을 사람들이 보는 자리에서 군수인 내가 증서를 만들어주겠소."

군수는 곧장 관아로 돌아가 고을에 사는 양반과 농사꾼, 공장工匠, 장사꾼들을 불러 모았다. 그리고 나서 군수는 부자를 높은 자리에 앉히고 양반은 마당 아래 서 있게 하였다. 그러고는 증서를 만들어 읽기 시작했다.

"건륭 10년(1745년, 영조 21년) 9월 모일에 이 증서를 만든다. 자신의 양반자리를 팔아 관곡을 갚았는데 그 값이 쌀 천 석이니라. 본디 양반은 여러 종류가 있다. 글만 읽는 자는 '선비'요, 벼슬을 하는 자는 '대부大夫'요, 덕이 있는 자는 '군자君子'라 한다. 그리고 무반武班은 서쪽에 서고 문반文班은 동쪽에 서는데 이 둘을 합쳐 '양반兩班'이라고 부른다. 부자는 이 여러 가지 양반 중에서 마음에 드는 것을 고르면 되느니라.

그러나 양반은 절대로 천한 일을 해서는 안 된다. 늘

옛사람의 뜻을 받들고 본받아야 하느니라. 오경五更(새벽 3시~5시)이 되면 일어나 촛불을 켜고 마음을 가다듬으며, 눈으로는 코끝을 내려다보고 발꿈치는 모아 엉덩이를 받치고 앉아야 한다. 얼음 위에 박을 굴리듯《동래박의東萊博議》(중국 송나라 때 책)를 술술 외워야 한다. 배가 고파도 참아야 하고 추운 것도 견뎌야 하며 가난이란 말을 입 밖으로 꺼내서는 안 된다. 이를 부딪치며 뒤통수를 손가락으로 탁탁 두드리고, 입 안에 침을 머금고 양치질하듯 입맛을 다신 뒤에 삼켜야 한다. 소맷자락으로 휘양(추울 때 머리에 쓰던 모자의 하나)을 닦아 먼지를 털어서 털무늬를 일으키고, 세수할 때는 주먹을 문질러 씻지 말아야 하며, 양치질을 해서 입에서 냄새가 나지 않도록 해야 한다. 종을 부를 땐 목소리를 길게 뽑아 부르고, 느리게 걸으면서 신발 뒤축을 끌 듯이 걸어야 한다.

《고문진보古文眞寶》(주나라에서 송나라 때까지의 훌륭한 시와 문장을 모아 엮은 책),《당시품휘唐詩品彙》(명나라 때

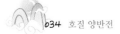

당나라의 훌륭한 시를 모아 묶은 책)를 베껴 쓰되 한 줄에 백 자가 되도록 써야 하고, 손에 돈을 쥐어서는 안 되며 쌀값을 물어서도 안 된다. 아무리 더운 날씨에도 버선을 꼭 신어야 하고, 밥을 먹을 때는 맨상투 바람으로 먹으면 안 된다. 국부터 먹어서는 안 되며 마실 때도 소리를 내서는 안 된다. 젓가락을 밥상에다 쿡쿡 찍는 소리를 내서도 안 되며, 생파를 먹어 냄새를 풍겨서도 안 된다. 술을 마실 때는 수염을 빨아서는 안 되며, 담배를 피울 때는 볼이 팰 정도로 깊게 빨아서도 안 된다.

아무리 화가 나도 아내를 때려서는 안 되고, 그릇을 던져서도 안 되며, 아이들을 주먹으로 때려서도 안 되며, 종이 잘못을 저질러도 함부로 죽이면 안 된다. 소나 말을 꾸짖을 때는 그 주인을 욕해서는 안 되며, 병이 들어도 무당을 불러서는 안 되며, 중을 불러 제사를 지내서도 안 된다. 화롯불에 손을 쬐어서도 안 되며, 말할 때 침을 튀겨서도 안 된다. 소를 잡아서도 안 되며, 돈내기 노름을 해서도 안 된다.

이렇듯 양반이라 하면 마땅히 이를 지켜야 하는데, 만일 부자가 이중 하나라도 어길 시 관아에 와서 재판을 받고 이 증서를 고쳐야 할 것이다."

군수가 이렇게 증서를 다 쓴 뒤 서명하고 좌수와 별감도 서명을 하였다. 그러고 나서 통인이 가져온 도장을 찍었는데 그 소리는 마치 큰 북소리처럼 들렸고, 찍어 놓은 모양새는 별들이 흩어져 있는 것 같았다.

호장戶長이 이 증서를 다 읽고 나자 부자는 한참 동안 멍하니 생각에 잠겨 있다가 말했다.

"양반이라는 게 겨우 이것뿐이란 말입니까? 듣기에 양반은 신선이나 마찬가지라 하던데 겨우 이것뿐이라면 그 많은 곡식을 바치고 산 게 너무 억울합니다. 그러니 좀 더 좋은 쪽으로 고쳐주십시오."

그러자 군수는 부자의 요청대로 증서를 고쳐 쓰기 시작했다.

"하늘이 백성을 낳으실 때 네 종류로 나누었다. 이중에 가장 귀한 것이 선비, 즉 양반인데 이보다 더 좋은

것은 없다. 양반은 농사짓지 않아도 되고 장사하지 않아도 된다. 글공부만 조금 하면 과거를 치를 수 있는데, 크게 되면 문과文科요, 못 돼도 진사進士는 된다.

문과에 급제하면 홍패紅牌(문과 회시에 급제한 사람에게 주던 증서)를 받는데, 비록 길이가 두 자도 못 되는 작은 종이지만 이것만 있으면 세상의 온갖 것을 다 얻을 수 있으니 돈 자루라 할 수 있다. 나이 서른에 첫 벼슬길에 올라도 집안이 좋으면 이름을 드높일 수 있으며, 남인(정조 때에 실권을 잡았던 세력)에게 잘 보이면 고을의 수령직에도 오를 수 있다. 그렇게 되면 늘 양산을 쓰고 다니기에 귀밑머리는 하얘지고, '예이!' 하는 종놈들의 대답을 듣다 보면 안 먹어도 배가 부르다. 방 안에 떨어진 귀걸이는 어여쁜 기생의 것이고, 뜰에 떨어져 있는 곡식은 학을 위한 것이다.

설사 가난한 선비가 되어 시골에 산다 해도 마음대로 살 수 있다. 이웃집 소를 가져다 자기 밭을 먼저 갈 수 있으며, 마을 사람을 불러 자기 밭에 김을 먼저 매게 할 수도 있다. 만약 어떤 놈이 이에 불만을 품거나 말을 잘 듣지 않으면 코에 잿물을 들이붓고, 상투를 잡으며 귀 얄수염을 뽑더라도 원망할 수 없다."

군수가 증서를 반쯤 고쳐 쓸 때쯤 부자는 어이가 없 다는 듯 혀를 내두르며 말했다.

"제발 그만두십시오! 양반이라는 건 참으로 맹랑한 것이구려. 당신들은 지금 나를 도둑놈으로 만들 작정이 시오?"

말을 마친 부자는 머리를 흔들며 서둘러 달아났다. 그리고 죽는 날까지 '양반'이라는 말을 입 밖에 꺼내지 않았다.

광문자전
廣文者傳

광
문
자
전

 광문은 거지였다. 그는 어려
서부터 종로 거리를 헤매며 밥을 빌어먹었다. 그러다
나이가 들자 광문이는 또래들 사이에서 거지들의 왕초
가 되었다. 그래서 그는 추운 날에도 편안하게 움막에
들어앉아 다른 아이들이 빌어다 주는 음식으로 배를 채
울 수 있었다.

춥고 진눈깨비가 흩날리던 어느 날이었다. 다른 아이
들은 모두 밥을 빌러 나가고 병이 든 한 아이만 움막에
남아 있었다. 시간이 지날수록 아이의 상태는 더욱 나

빠져 깊이 신음하는데 그 소리가 몹시 처량하였다.

광문은 너무 가여워 아이에게 먹일 밥을 구하러 움막 밖으로 나갔다. 그러나 광문이가 밥을 빌어 돌아왔을 때 아이는 이미 죽어 있었다.

거지 아이들이 움막으로 돌아왔다. 아이들은 병든 아이가 죽은 것을 보며 서로 수군대기 시작했다. 아이들은 분명 광문이 병든 아이를 죽였을 거라 생각하며 서로 합심해 광문에게 달려들어 그를 두들겨 팼다.

광문은 가까스로 움막을 탈출해 어느 집으로 들어갔다. 그러자 그 집 개가 몹시 놀랐는지 마구 짖어댔다. 그 소리를 들은 집주인은 한걸음에 달려와 광문을 붙잡아 묶어버렸다.

"저는 나쁜 놈들에게서 도망친 거예요. 도둑이 아니라고요. 제 말을 못 믿으신다면 내일 아침 저잣거리로 나가 보세요."

광문은 주인에게 하소연했다. 광문의 순박한 말투에 집주인도 속으로 도둑은 아닐 거라고 생각했다.

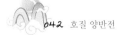

아침이 되자 주인은 광문을 풀어주었고 광문은 집주인에게 감사의 인사를 전하고는 거적때기 한 장을 얻어서 나갔다. 집주인은 광문의 행동이 이상하다고 여겨 몰래 그의 뒤를 밟았다.

광문은 수표교 아래로 들어가 숨었다. 그러자 곧 거지 아이들이 시체 한 구를 들고 와 다리 밑에 던졌다. 그들이 모두 돌아간 뒤 광문은 어슬렁어슬렁 걸어 나와 그 시체를 거적때기로 싸서 짊어지고는 서문 밖에 있는 묘지로 향했다. 광문은 시체를 묻은 뒤 울면서 무어라고 중얼거렸다. 그러자 집주인이 광문에게 다가가 물었다.

"대체 무슨 일이냐?"

광문은 집주인에게 간밤에 있었던 일들을 모두 털어놓았다. 광문을 기특하게 여긴 집주인은 그를 집으로 데리고 가서 새 옷을 입혀주고 잘 대접해 주었다.

그로부터 며칠 뒤, 집주인은 광문을 돈 많은 약방 주인에게 추천하였고, 광문은 그 집에 머물며 심부름을 하게 되었다.

그러던 어느 날, 외출할 일이 생겼던 약방 주인은 밖으로 나갔다가 뭔가 의심스러운 듯이 다시 돌아와 문의 자물쇠를 살펴보았다. 약방 주인은 불편한 기색으로 다시 나갔다가 또 들어오기를 반복했다. 약방 주인은 의심스러운 눈초리로 광문을 보면서 무슨 말을 꺼내려다가 멈추었다. 광문은 약방 주인이 왜 그러는지 알 수가 없었다. 그저 하루하루 열심히 일할 뿐 그곳을 떠날 수도 없었다.

그러던 어느 날, 약방 주인의 처조카가 돈을 들고 그를 찾아왔다.

"지난번에 아저씨께 돈을 빌리러 왔었는데 안 계셔서 제가 방에 들어가 가지고 갔어요. 아저씨는 모르고 계셨지요?"

그때서야 약방 주인은 광문을 의심했던 자신을 부끄러워했다.

"내가 참 모자란 사람이야. 자네처럼 착한 사람을 의심하다니. 자네를 볼 면목이 없구먼."

약방 주인은 광문을 붙들고 거듭 사과의 말을 전했다. 그 후로 약방 주인은 자신의 친지들은 물론 약을 지으러 오는 큰 부자들이나 장사꾼들에게 광문은 정말 의리 있는 사람이라고 칭찬을 했다. 게다가 종실宗室이나 고위 관리들이 있는 곳에 가게 되면 늘 광문에 대한 칭찬을 빼놓지 않았다.

그렇게 시간이 흘러 광문에 대한 소문은 널리 퍼져 장안의 화제가 되었다. 고위 관리들의 집안에 드나드는 이들이나 종실의 손님들은 마치 오래된 미담이라도 나누듯 광문에 대한 얘기를 화젯거리로 삼았다.

"광문을 잘 대접해서 약방 주인에게 보냈던 그 집주인도 참으로 어진 사람이지. 사람을 볼 줄 안다니까."

"약방 주인이야말로 참으로 점잖은 어르신이지."

이렇게 서울 장안에 있는 사람들은 누구나 서로 맞장구를 쳐가며 그들을 후하게 평가했다.

당시 서울 장안에는 돈놀이를 하는 사람들이 많았다. 그들은 구슬이나 비취 같은 장식품이나 옷가지, 그릇,

집, 논밭, 노비 등의 문서를 담보로 하여 그 값의 십분의 삼이나 십분의 오에 해당하는 돈을 빌려주었다. 그러나 광문이 빚보증을 서면 담보물이 있건 없건 천 냥이라도 선뜻 빌려주곤 했다.

광문의 인품을 살펴보면 다음과 같다. 겉모습은 아주 지저분했고 말주변도 없어서 사람의 마음을 움직일 수도 없었다. 입은 얼마나 큰지 주먹 두 개가 들어갈 정도였고, 장난이 심해서 만석 놀이(인형극)를 잘했으며 여러 가지 춤도 잘 추었다.

그래서 아이들이 서로 싸울 때마다,

"너의 형이 달문이지?"

라고 헐뜯으며 놀려댔는데 '달문'이란 광문의 또 다른 이름이었다.

광문은 길을 가다가도 누군가가 싸우고 있으면 옷을 훌렁 벗어던지고는 싸움판에 끼어들었다. 그러고는 무어라 중얼거리며 땅에 금을 그었고, 마치 자신이 그 싸움의 심판이라도 되는 것처럼 행동했다. 그 모습을 본

사람들은 모두 웃음을 터뜨렸고 싸우던 사람들도 모두 웃다가 자리를 떠나곤 했다.

그렇게 세월이 흘러 어느덧 광문의 나이도 마흔이 되었다. 그러나 여전히 총각 신세를 면치 못했다. 사람들이 그에게 장가를 가라고 권하면,

"사람이라면 누구나 잘생기고 예쁜 사람을 좋아하는 법이죠. 남자나 여자나 다 마찬가지 아니겠어요? 그러니 나같이 못생긴 놈이 어떻게 장가를 가겠어요?"
라고 말했다. 또 누군가가 집이라도 마련하라고 하면 이렇게 대답했다.

"부모 형제도, 처자식도 없는데 집이 뭐가 필요하겠어요? 아침이면 노래나 흥얼거리면서 저잣거리로 들어갔다가 날이 저물면 부잣집 문간에서 잠드는데. 서울에 집이 8만 호나 되는데 매일 한 집씩 들러서 잔다고 해도 죽을 때까지 다 못 다닐 거예요."

당시 장안의 유명한 기생은 모두 아름답고 노래를 잘했다. 그러나 광문이 장단을 맞춰주지 않으면 아무도

응하지 않았다. 그러던 어느 날, 궁궐의 호위무사들과 여러 별감, 임금의 사위들이 함께 운심이라는 이름난 기생의 집에 들르게 되었다. 그들은 대청에 술자리를 벌이고 거문고를 연주하며 운심의 춤을 보고 싶어 했다. 그러나 운심은 계속 시간을 끌면서 춤을 추지 않았다.

　때마침 광문이 이곳에 들렀다가 벼슬아치들이 큰 소리로 떠드는 소리를 듣고서는 한참을 서성거렸다. 그러다 무언가 결심한 듯 올라가 술자리의 상석에 앉았다.

　비록 그의 옷은 해져서 남루했고 지저분한 모습이었지만 태도만큼은 당당했다. 눈곱이 잔뜩 낀 눈을 게슴츠레 뜨고 취한 척하며 계속 트림을 해댔는데, 양털같이 헝클어진 머리로 북상투(아무렇게나 막 끌어 올려 짠 상투)를 튼 채였다. 자리에 앉아 있던 벼슬아치들은 어이가 없어서 당장 광문을 내쫓으려고 했다. 그러나 광문은 점점 더 술상 앞으로 다가가 무릎을 치며 장단에 맞춰 노래를 흥얼거렸다.

　다들 어리둥절해서 그저 멍하니 바라보고만 있던 그

때, 운심이가 일어나더니 옷을 갈아입고 광문을 위해 칼춤을 한바탕 추었다. 그리하여 모두들 기뻐하며 좋지 않던 분위기는 순식간에 흥겨워졌고 벼슬아치들은 광문과 친구가 되어 헤어졌다.

열녀함양박씨전

烈女咸陽朴氏傳

열녀함양박씨전

제齊나라 사람이 말하길 '열녀는 지아비를 두 번 얻지 않는다.'라고 하였으니, 이를테면 《시경》 용풍 〈백주柏舟〉의 시가 바로 이것이다.

그러나 《경국대전》에는 '재혼한 여자의 자손에게는 벼슬을 주지 말라.'고 하였으니, 이것이 어찌 일반 백성과 무지한 평민을 위해서 만들어 놓은 것이겠는가.

그런데도 조선 건국 이래 400여 년 동안 온 백성들이 이 법에 젖어 집안의 높고 낮음에 상관없이 과부라면 누구나 절개를 지키려 하였다. 그리하여 절개를 지키는 것은 이제 풍속이 되어, 옛날에 칭송했던 '열녀'는 오늘날 도처에 있는 '과부'와 같은 의미가 되었다.

심지어 촌구석의 어린 아낙이나 여염의 젊은 과부와 같은 경우는 친정 부모가 과부의 속을 헤아리지 못하고 개가하라며 핍박하는 것도 아니었고, 자손의 벼슬길이 막히는 것도 아니었지만 과부들은 '과부로 홀로 늙어가는 것만으로는 절개를 지키는 것이 아니다.'라고 생각하며 햇빛을 등지고 남편의 뒤를 따라 저승길로 가려고 했다. 물불을 가리지 않고 몸을 던졌고 독이 든 술을 마시기도 하였으며 끈으로 목을 매기도 하며 이러한 자신의 행동들을 마치 극락세계라도 가는 것처럼 여기곤 했다. 그들의 절개는 참으로 대단하지만 이건 너무 지나치지 않은가.

옛날에 높은 벼슬자리에 있는 한 형제가 있었다. 형제는 어떤 사람의 벼슬길을 막으려 하고 있었는데 그것에 대해 어머니께 말씀을 드렸다. 그러자 어머니가 물었다.

"대체 그가 무슨 잘못을 저질렀기에 그의 벼슬길을 막으려는 것이냐?"

아들이 대답했다.

"그의 선조 중에 과부가 있었는데 행실이 바르지 못해 사람들에게 평판이 좋지 않습니다."

그러자 어머니는 깜짝 놀라며 물었다.

"규방(부녀자의 방)에서 있었던 일을 어찌 그리 잘 아느냐?"

그러자 아들이 대답했다.

"소문이 그러합니다."

어머니는 몹시 놀라며 말했다.

"바람이란 건 그저 소리만 들릴 뿐 형체가 없다. 그러니 아무리 보려 해도 보이지 않고 손으로 잡으려 해도 잡히지 않는 것이다. 형체도 없는 소문만 듣고 남을 평가하려 든단 말이냐? 더구나 너희들도 과부의 아들이 아니더냐? 과부의 아들이 어찌 과부를 탓할 수 있느냔 말이다. 잠깐 기다리거라. 내 너희들에게 보여줄 것이 있다."

그러면서 어머니는 품속에 간직하고 있던 낡은 동전 한 닢을 꺼냈다.

"이 돈에 윤곽이 있느냐?"

"없습니다."

"그렇다면 글자는 있느냐?"

"없습니다."

그러자 어머니는 눈물을 흘리며 말했다.

"이 동전은 지금껏 이 어미가 죽지 않고 버틸 수 있게 한 부적이다. 과부가 된 후로 10년 간 이 동전을 문지르며 살았다. 대체로 사람의 혈기는 음양에 뿌리를 두고, 정욕은 혈기에 심어졌으며, 그리운 생각은 고독에서 생겨나고, 슬픔은 그리운 생각에서 기인하는 법이다. 과부는 고독 속에 살며 슬픔 또한 깊다. 그러나 혈기는 때를 따라 왕성한 것이니 과부라 하여 어찌 정욕이 없겠느냐? 희미한 등불이 내 그림자를 조문이라도 하듯 밤은 고독하고 길더구나. 처마 끝에 빗방울 소리가 들릴

때나 창가에 하얀 달빛이 비치는 밤, 나뭇잎 하나가 뜰에 굴러다니거나 먼 하늘에서 외기러기가 우는 밤, 저 멀리 닭 우는 소리도 들리지 않고 어린 종년은 깊이 코를 골며 자는 밤, 졸음도 오지 않는 깊은 밤에 나는 누구에게 내 고충을 말하겠느냐. 그럴 때마다 나는 이 동전을 꺼내 굴리곤 했단다.

이 둥근 녀석은 방 안을 참 잘도 돌아다니다가도 모퉁이에 부딪히면 금방 멈추곤 했다. 그러면 나는 이 녀석을 다시 찾아 굴렸는데 하룻밤에 대여섯 번씩 굴리고 나면 날이 밝아오더구나. 이렇게 십 년을 살아왔단다. 그러다 점점 동전을 굴리는 횟수가 줄었고, 그렇게 또 십 년이 지나자 이젠 닷새 밤에 한 번씩 굴렸고, 열흘 밤에 한 번씩 굴리기도 했다. 그러다 혈기가 쇠약해졌고 그 후론 다시는 이 동전을 굴리지 않게 되었단다. 그럼에도 내가 이 동전을 열 겹이나 싸서 이십 년째 간직하고 있는 것은 그때의 공을 잊지 않기 위해서란다. 가끔 이 동전을 보면서 깨닫는 바도 있고 말이다."

어머니의 이야기를 다 듣고 난 뒤 아들과 어머니는 서로 끌어안고 울었다.

이 이야기를 들은 군자君子들이 말했다.

"그야말로 열녀라고 할 수 있겠구나."

아아, 슬프구나! 이렇듯 힘겹게 절개를 지킨 과부들이 세상에 있건만 누구도 알아주지 않고 이름 또한 후세에 전해지지 않는다. 과부가 절개를 지키는 것은 흔히 있는 일이기에 남편을 따라 죽지 않으면 그 위대한 절개가 드러나지 않기 때문이다.

내가 안의현감으로 정사를 보기 시작한 그 다음 해 계축년(1793년, 정조 17년) 모월 모일에 있었던 일이다. 날이 점점 밝아오고 있는데 잠결에 사람들이 수군대는 소리를 들었다. 사람들은 슬퍼하며 탄식을 하기도 했다. 무언가 급한 일이 생긴 듯했으나 내가 깰까 봐 조심하고 있는 듯했다. 그래서 나는 목소리를 높여 물었다.

"닭이 울었느냐?"

그러자 곁에 있던 이가 대답했다.

"예, 벌써 서너 번이나 울었습죠."

"밖에 무슨 일이 있느냐?"

"예, 통인通引(수령의 잔심부름을 하던 구실아치) 박상효의 조카딸이 함양으로 시집갔는데 일찍 과부가 되었답니다. 그런데 오늘 삼년상을 마치자마자 독약을 먹고 죽으려 했답니다. 그래서 그 집에서 박상효에게 긴급히 도움을 청했는데 오늘 숙직이라 가지 못하고 있답니다."

그래서 나는 그가 빨리 갈 수 있도록 하라고 명했다. 그리고 해가 질 무렵, 곁에 있던 이에게 물었다.

"함양 과부가 살아났느냐?"

"죽었다고 합니다."

나는 탄식하지 않을 수 없었다.

"아아, 열렬하구나, 함양 과부여!"

얼마 후 나는 아전들을 불러서 물었다.

"함양에 열녀가 났다고 하지. 그 열녀는 본디 이곳 안의 사람이라 하는데 올해 나이가 몇이며 함양 누구의 집에 시집을 갔느냐? 또 어릴 때 행실은 어떠하였는지 혹시 아는 자가 있으면 말해 보거라."

그러자 여러 아전들이 한숨을 내쉬며 말했다.

"박 씨 집안은 대대로 이 고을에서 아전 생활을 했으며 그 열녀의 아비는 상일이라는 자입니다. 그런데 그는 일찍 세상을 떠났고 어미와 딸만 남았는데 그 어미마저 일찍 죽었다고 합니다. 그래서 박 씨 여인은 조부모의 손에서 자랐는데 효심이 아주 깊었다고 합니다. 열아홉 살이 되던 해에 함양에 사는 임술증이라는 자에게 시집을 갔는데 그의 집안도 함양에서 쭉 아전 생활을 했습니다. 한데 임술증이란 자는 몸이 여위고 약해서 혼례를 치른 지 반 년도 못 되어 세상을 떠났답니다. 박 씨는 남편의 초상을 잘 치르고 며느리의 도리를 다하면서 시부모를 모셨습니다. 그리하여 함양과 안의 고을에 사는 친척과 이웃들은 그녀의 인품을 높이 사며 칭찬했다고 합니다. 오늘 이렇게 남편의 뒤를 따라 죽으면서 그녀의 절개가 세상 밖으로 드러난 것이지요."

그러자 늙은 아전 하나가 감격한 듯 말했다.

"박 씨 여인이 시집가기 몇 달 전에 있었던 일인데, 어떤 이가 박 씨의 조부모를 찾아와 '술증은 병이 들었는데 그 병이 뼛속까지 깊어 살아날 수가 없으니 혼사를 물려야 한다.'고 했답니다. 그리하여 박 씨의 할아비와 할미는 그녀에게 이 말을 전했으나 박 씨는 아무 대답도 하지 않았답니다. 그러다 혼인날이 다가오자 박 씨의 집안에서 사람을 보내 술증의 상태를 살피고 오라 했답니다. 그 사람이 살펴보고 와서 하는 말이 술증이라는 자는 용모는 반듯하나 폐병이 생겨 기침이 심했고 너무 야윈 나머지 마치 버섯이 서 있는 것 같았으며 그림자가 걸어 다니는 것 같았답니다.

그 말을 들은 박 씨의 조부모는 손녀가 걱정이 되어 다른 혼사를 알아보려고 중매인을 부르려 했습니다. 그러자 박 씨는 '전에 마련한 옷은 누구의 몸에 맞게 한 것이며, 또 누구의 옷이라 부르셨습니까? 저는 처음 마련해 놓은 이 옷을 지킬 것입니다.'라고 말했답니다.

박 씨의 조부모는 그녀의 뜻을 알아차리고 예정대로 술증을 손녀사위로 맞이하였습니다. 그래서 박 씨는 그와 혼인을 했으나 실상은 빈 옷만 지키며 산 것이나 마찬가지였지요."

얼마 후, 함양군수인 윤광석 사또가 밤에 이상한 꿈을 꾸었는데 그 꿈이 하도 인상적이어서 〈열부전烈婦傳〉을 지었다. 산청현감인 이면제 사또도 박 씨를 위해 '전傳'을 지었고, 거창에 사는 신돈항은 후세에 훌륭한 글을 남기고자 하는 선비였는데 박 씨를 위해 그 절개를 칭송하는 글을 지었다.

박 씨는 처음부터 마음이 한결같은 사람이었으니 아마도 '나같이 어린 과부가 오래오래 이 세상에서 산다면 친척들에게 동정이나 받을 것이다. 게다가 이웃들은 오래 사는 나를 좋지 않게 볼 것이니 이 몸이 빨리 없어지는 것이 좋을 것이다.' 라고 생각하지 않았으랴.

아아, 슬프구나! 그녀가 남편이 죽은 뒤에도 살아 있었던 것은 장사를 치러야 했기 때문이고, 장사를 치르

고도 살아 있었던 이유는 소상小祥(죽은 지 일 년 뒤에 지내는 제사) 때문이었던 것이다. 소상이 끝나고도 살아 있었던 이유는 대상大祥(죽은 지 이 년 뒤에 지내는 제사)을 치러야 했기 때문이다.

이제 대상을 마치자마자 그녀는 지아비가 죽은 한날 한시에 목숨을 끊으며 그녀가 처음 마음먹었던 일을 이루어내고야 말았다. 이 어찌 열부라 하지 않을 수 있겠는가.

예덕선생전
穢德先生傳

예덕선생전

선굴자蟬橘子(이덕무의 별호 중 하나)에게는 '예덕선생'이라 부르는 벗이 한 사람 있다. 그는 종본탑(현재 서울 종로의 탑골공원 안에 있는 원각사지 석탑白塔을 가리킴) 동쪽에 살면서 날마다 마을 안의 똥을 치우는 일을 직업으로 삼았다. 그래서 동네사람들은 모두 그를 '엄 행수嚴行首'라고 불렀다. '행수'는 막일꾼 중에 나이가 많은 사람에 대한 칭호요, '엄'은 그의 성이다.

어느 날 자목이라는 제자가 선굴자에게 물었다.

"제가 예전에 선생님께 들은 바에 따르면 '벗이란 함께 살지 않는 아내요, 핏줄을 같이하지 않은 형제와 같다.' 라고 하셨습니다. 벗이란 이렇듯 소중한 것인 줄 알았습니다. 온 나라 사대부들 중 선생님의 뒤를 좇아 선생님 문하에서 놀기를 원하는 이가 많았으나 선생님께서는 아무도 받아들이지 않으셨습니다. 그런데 저 '엄행수'란 자는 마을에서 가장 천한 늙은이고 하류 계층에 속하는 일꾼으로서 부끄러운 존재임에도 불구하고 선생님께서는 계속 그의 덕을 칭찬하며 심지어 '선생'이라 부르시고, 조만간 그와 교분을 맺고 벗하기를 청할 것처럼 하시니 제자인 저로선 몹시 부끄러운 생각이 들어 이제 선생님의 문하를 떠나려 합니다."

그러자 선귤자가 말했다

"허허, 그냥 있거라. 내 너에게 벗에 대한 이야기를 해주겠다. '의원이 제 병 못 고치고 무당이 제 굿 못 한다.' 라는 속담도 있지 않느냐. 이렇듯 사람마다 제각기 자기가 스스로 잘한다고 여기는 것이 있는데 남들이 몰

라주면 답답해하면서 자신의 허물에 대해 듣고 싶은 체한다. 그럴 때 그의 칭찬만 늘어놓는다면 아첨이나 다름없기에 멋이 없고, 그렇다고 단점만 늘어놓는다면 그의 잘못을 파헤치는 것 같아 인정이 없어 보이지 않겠느냐. 따라서 잘하지 못하는 일에 대해서는 얼렁뚱땅 변죽만 울리고 제대로 지적하지 않는다면 제아무리 크게 책망하더라도 노여워하지는 않을 것이다. 그것은 그가 가장 꺼려하는 곳을 건드리지 않았기 때문이다. 그러다가 비슷한 물건을 늘어놓고 숨긴 것을 알아맞히듯이 그가 잘한다고 여기는 것을 은근슬쩍 언급한다면, 마치 가려운 데를 긁어준 것처럼 진심으로 감동할 것이다. 그런데 가려운 데를 긁어주는 것에도 방법이 있다. 등을 어루만질 때는 겨드랑이에 가까이 가지 말고 가슴팍을 만질 때는 목덜미를 건드리지 말아야 한다. 그리하여 뜬구름 같은 말을 하는 것 같으면서도 그 속에 결국 자신에 대한 칭찬이 들어 있다면, 뛸 듯이 기뻐하며 자신을 알아준다고 말할 것이다. 이렇게 벗을 사귄다면 좋겠느냐?"

이야기를 다 듣고 난 자목은 귀를 막고 뒷걸음질 치며 말했다.

"선생님께서는 제게 시정잡배나 머슴 놈들의 행세를 가르치고 계시는군요."

그러자 선귤자가 말했다.

"그렇게 말하는 것을 보니 자네가 부끄럽게 여기는 것이 전자에는 있지 않고 후자에만 있구나. 시정잡배의 사귐은 이익에서 비롯되고, 면전에서의 사귐은 아첨에서 비롯되는 것이다. 그렇기 때문에 아무리 사이가 좋아도 세 번만 거듭 부탁을 하면 그 사이가 벌어지게 되고, 아무리 원한이 깊은 사이라도 세 번만 거듭 선물을 하면 친절해지는 법이지. 그러므로 이익으로써 사귀는 것은 유지되기 어렵고, 아첨으로써 사귀는 것은 오래가지 못하는 법이다. 오직 마음으로 사귀어 덕으로 벗을 삼아야 하느니라. 이것이 바로 '도의道義의 사귐'이다. 그렇게 되면 위로 천고千古의 옛사람과 벗을 삼아도 멀

지 않으며, 만리에 떨어져 있는 사람과 사귀어도 소원
해지지 않는 것이다.

그런데 저 엄 행수라는 자는 나와 알고 지내길 바라
지 않았으나, 나는 항상 그를 칭찬하고 싶은 마음이 가
득했다. 그의 손가락은 굵직하고 밥을 먹을 때는 끼니
마다 착실히 먹고 길을 걸을 때는 조심스레 걷고 졸음
이 오면 쿨쿨 자고 웃을 때는 껄껄 웃고 그냥 가만히 있
을 때는 마치 바보처럼 보이지. 흙벽을 쌓고 풀을 엮어
지붕을 얹은 움막에 조그마한 구멍을 내고 들어갈 때는
새우등이 되고 잘 때는 개처럼 몸을 웅크리고 잠을 자
지만 날이 밝으면 개운하게 일어나 삼태기를 지고 마을
로 들어와 뒷간을 치우며 똥을 날랐다. 9월에 서리가 내
리고 10월에 살얼음이 얼 때쯤이면 뒷간에 말라붙은 사
람 똥, 마구간의 말똥, 외양간의 소똥, 홰 위의 닭똥, 개
똥, 거위 똥, 돼지 똥, 비둘기 똥, 토끼 똥, 참새 똥을 마
치 구슬과 옥인 양 귀하게 여겨 긁어가도 염치에 손상
이 가지 않고, 그 이익을 독차지하여도 의로움에는 해

가 되지 않으며, 욕심을 부려 많은 것을 차지하려고 해
도 남들이 양보심 없다고 비난하지도 않는다. 때때로
그는 손바닥에 침을 발라 가래를 휘두르는데, 마치 새
가 모이를 쪼아 먹듯 꾸부정히 허리를 구부려 일에만
열중할 뿐, 아무리 화려한 미관이라도 마음에 두지 않
고 아무리 좋은 풍악이라도 눈길 한 번 주지 않았지. 사
람이라면 누구나 부귀를 원하지만 원한다고 해서 얻을
수 있는 것이 아니기에 부러워하지도 않는 것이다. 따
라서 사람들이 그를 칭찬해 주어도 영광스럽게 생각하
지 않으며 또 자기를 비난한다고 해도 수치스러울 것도
없는 것이다.

　왕십리의 무와 살곶이(현재 서울 성동구에 있는 뚝섬의
옛 이름)의 순무, 석교의 가지·오이·수박·호박, 연희
궁의 고추·마늘·부추·파·염교(백합과의 여러해살이
풀), 청파의 물미나리, 이태인의 토란 따위는 상상전上
上田(토지의 질에 따라 차등적으로 세금을 부과하기 위해 토
지를 상·중·하로 나누고, 각각을 다시 상·중·하로 나누

어 모두 9등급을 두었는데, 상상전은 최상급의 토지를 말함)
에 심는데, 그들 모두 엄 씨의 똥을 가져다 써야 땅이
기름져 많은 수확을 올릴 수 있으며, 그 수입이 해마다
6천 전錢(600냥)이나 된다. 하지만 엄 행수는 아침에 밥
한 그릇만 먹어도 만족스러워했고, 저녁에 들어가서도
밥 한 그릇이면 만족을 하지. 남들이 그에게 고기를 먹
으라고 권하면 '목구멍만 지나가면 나물이나 고기나 마
찬가지로 배가 부른데 비싸고 맛있는 것만 먹을 필요가
있겠소?' 라고 말하며 사양했느니라. 또 새 옷을 입으라
고 권하면 '소매 넓은 옷을 입으면 몸에 익숙하지 않고
새 옷을 입으면 길가에 똥을 지고 다니지 못할 것이 아
니오?' 라면서 사양했던 것이다.

해마다 정월 초하루 아침이 되면 그제야 비로소 갓을
쓰고 띠를 두르고, 새 옷을 입고 새 신을 신고 이웃들을
두루 찾아다니며 세배를 하는데, 세배를 마치고 돌아오
면 곧바로 원래의 옷으로 갈아입고 다시 삼태기를 메고
마을 안으로 들어가지. 엄 행수야말로 자신의 덕행을

더러움으로 감추고 세속에 숨어 사는 진정한 은사가 아니겠느냐.

《중용》에 이르기를 '본래 부귀를 타고난 자는 부귀하게 지내고 빈천을 타고난 자는 빈천하게 지낸다.'고 하였으니 타고난다는 것은 이미 정해져 있음을 말한다. 그리고 《시경》에 따르면 '이른 새벽부터 밤늦게까지 관가에서 일하니 타고난 운명이 똑같지 않기 때문이다.'라고 하였으니 이 '운명'이란 것이 곧 '분수'를 말하는 것이지. 운명이란 것은 하늘이 정해 준 것이니 누구를 원망하겠느냐. 사람은 새우젓을 먹으면 달걀이 생각나고, 굵은 갈옷을 입으면 가는 모시를 갖고 싶어 하는 법이지. 이리하여 천하가 어지러워져 농민이 땅을 빼앗기면 논밭은 저절로 황폐해지지 않을 수 없는 것이다.

옛날에 진승과 오광(진시황의 정치에 반발하여 봉기를 일으킨 농민들), 항적(항우)의 무리들은 그 뜻이 어찌 농사일에 안주할 인물들이었겠느냐. 《주역》에 이르기를 '짐을 짊어져야 할 사람이 수레를 탔으니 도적을 불러

들일 것이다.' 라고 한 것도 바로 이를 가리킨 것이다. 그러니 정의가 아니라면 비록 만종의 녹(매우 많은 녹봉) 을 준다 하여도 불결한 것이요, 아무런 노력 없이 쉽게 재물을 모으면 막대한 부를 축적하더라도 그 이름에 썩 는 냄새가 나는 법이다. 그러므로 사람이 죽을 때 입속 에다 구슬과 옥을 넣어주어 그 사람이 깨끗하게 살았음 을 나타내주는 것이지.

　엄 행수는 똥과 거름을 져 날라서 음식을 장만하기에 지극히 불결하다고 말할 수 있을지도 모르겠다. 그러나 그가 음식을 마련하는 방법은 그 어떤 것보다 향기로우 며, 그가 처한 곳은 지극히 지저분하지만 정의를 지키 는 그의 몸가짐은 참으로 고항高抗(높은 뜻을 지니며 남에 게 굽히지 않음)하였다. 그 뜻을 미루어 보면 설령 만종 의 녹을 준다 해도 바꾸지 않을 것이다.

　이상을 통해 나는 세상에는 깨끗하다고 불리는 자들 중에서도 깨끗하지 못한 자가 있고, 더럽다 불리는 자 들 중에서도 더럽지 않은 자가 있음을 알게 되었다. 그리하여 나는 먹고사는 일에 아주 어려운 처지를 당하면 언제나 나보다 못한 이들을 떠올리게 되는데, 저 엄 행수를 생각하면 견디지 못할 일이 뭐가 있겠느냐. 진실로 도둑질할 마음이 없는 자라면 누구나 엄 행수를 기특하게 여기지 않을 수 없을 것이다. 그리고 이를 좀 더 확대시켜 나간다면 성인의 경지에도 이를 수 있을 것이다.

선비로서 곤궁하게 산다고 하여 얼굴에까지 그 티를 나타내는 것도 부끄러운 일이요, 또한 뜻을 이루어 출세했다 하더라도 교만한 빛이 온몸에 흐른다면 이 역시 부끄러운 일이지. 엄 행수와 비교하여 부끄러워하지 않을 자는 거의 드물 게야. 그리하여 나는 엄 행수를 스승으로 모신다고 한 것이다. 어찌 감히 벗하겠다고 말할 수 있겠느냐. 이러한 이유에서 나는 엄 행수의 이름을 감히 부르지 못하고 예덕선생이라 부르는 것이야."

김신선전
金神仙傳

김신선전

김 신선의 이름은 홍기弘基다. 열여섯에 장가를 들어서 부인과 한 번 잠자리를 한 뒤 아들 하나를 낳았다. 그러고는 다시는 부인과 합방하지 않았다.

그 후 화식火食을 멀리하고 벽을 향해 앉아서 지내기를 여러 해 만에 몸이 가벼워졌다. 그는 국내의 유명한 산들을 찾아 돌아다니며 항상 한숨에 수백 리를 걷고서야 때가 얼마나 되었나 해를 살폈다. 신발은 다섯 해에 한 번씩 바꾸어 신었고, 험한 곳에 갈수록 걸음은 더욱

빨라졌다. 그런데도 그는,

"물을 만나 바지를 걷고 건너기도 하고, 배를 타고 건너기도 하느라 이렇게 늦어진 것이다."

라고 말하곤 하였다. 그는 밥을 먹지 않기에 사람들은 그가 찾아오는 걸 성가시게 생각하지 않았다. 겨울에도 솜옷을 입지 않았으며, 아무리 더운 여름날에도 부채질을 하지 않았기에 사람들은 그를 '신선'이라 불렀다.

전에 나는 우울증을 앓은 적이 있었다. 그때 듣자니 김 신선의 방술方術이 때때로 기묘한 효험이 있다고 하므로 그를 꼭 만나고 싶었다. 그래서 윤생尹生과 신생申生에게 몰래 그를 찾으라고 시켰으나 열흘 동안 서울을 뒤져도 그를 찾을 수 없었다. 윤생이 말하였다.

"전에 김홍기의 집이 서학동에 있다는 말을 듣고 그곳에 가보았으나 사실이 아니었습니다. 거긴 사촌 형제들 집이었고 자기 처자식만 거기에 두었더군요. 그래서 그의 아들에게 물어보니 아들이 말하길 '우리 아버지는 한 해에 서너 번 정도 다녀가십니다. 아버지 친구 분이

체부동에 사시는데 술을 좋아하고 노래도 잘 부르는 김 봉사奉事라는 분이십니다. 누각동에는 김 첨지僉知라는 분이 살고 계신데 바둑 두기를 좋아하시고, 그 뒷집에 사시는 이 만호萬戶라는 분은 거문고 뜯기를 좋아하십니다. 삼청동의 이 만호라는 분은 손님을 좋아하고, 미원동의 서 초관哨官과 모교 장 첨사僉使, 그리고 사복천가에 사는 지 승丞이라는 분도 모두 손님을 좋아하고 술 마시기를 좋아하십니다. 이문안의 조 봉사라는 분도 아버지 친구 분인데, 그분의 집엔 유명한 꽃들이 많이 심어져 있고, 계동 유 판관判官 댁에는 기이한 책과 오래된 칼이 있어, 아버지는 항상 그분들 집에서 놀며 지내고 있으니 아버지를 꼭 뵙고 싶다면 그중에서 찾아보십시오.' 라고 하였습니다.

그리하여 저는 그 집 모두 다녀왔지만 그는 어디에도 없었습니다. 다만 저녁때쯤 어느 집에 들렀더니 주인은 거문고를 뜯고 손님 두 사람이 조용히 듣고 있었는데, 머리는 허옇고 갓도 쓰지 않았기에 저는 드디어 김홍기를 만날 수 있을 거라고 혼자 생각하며 한참을 그곳에 서서 기다렸습니다.

그러다 거문고 곡조가 끝나가기에 저는 앞으로 나아가 '어느 분이 김 장인丈人(장인은 노인에 대한 경칭)이십니까?'라고 물었습니다. 그러자 주인은 거문고를 내려놓고는 '여기에 김 씨는 없는데 누구를 찾으시오?'라고 하기에 '저는 몸을 깨끗이 하고 왔으니 선생님께서는 숨기지 마십시오.'라고 했습니다. 그러자 주인은 웃으며 '당신은 김홍기를 찾고 있구먼. 그는 아직 오지 않았소'라고 하기에 '그렇다면 언제쯤 오시는지요?'라고 물었더니 '그는 일정한 주거 없이 머물고, 일정한 곳을 놀러 다니지도 않는다오. 이곳에 올 때에도 미리 알리지 않으며, 떠날 때에도 언제 오겠다고 알리지 않소. 하루에 두세 번씩 다녀갈 때도 있고, 한 해가 넘도록 오지 않을 때도 있소. 그는 주로 창동이나 회현방에 있고 또 동관·배오개·구리개·자수교·사동·장동·대릉·소릉 등지에도 가끔 다녀가곤 한다는데, 내가 그 주인의 이름은 다

호질 양반전

알 수가 없다오. 그나마 창동의 주인은 내가 잘 알고 있으니 거기 가서 한 번 물어보시오.' 라고 하더군요.

그래서 저는 곧바로 창동으로 가서 물었습니다. 그러자 그쪽에서 대답하기를 '그분이 여기에 오지 않은 지 꽤 여러 달이 지났소. 듣기로는 장창교에 사는 임 동지同知가 술 마시는 걸 좋아해서 매일 김 씨와 함께 술 마시기 내기를 한다고 하오. 아직까지 임 동지의 집에 있는지 없는지는 잘 모르겠지만 말이오.' 라고 하였습니다.

그래서 바로 그 집을 찾아갔더니 임 동지는 이미 여든이 넘어 귀가 잘 들리지 않더군요. 그는 '아이쿠, 어젯밤에 술을 잔뜩 마시고 아침까지 취기가 남은 채로 강릉으로 간다고 떠났소.' 라고 하였습니다. 그래서 저는 아쉬운 마음에 한참을 그곳에 있다가 '김홍기란 이가 보통 사람과 다른 점이 있습니까?' 라고 물었지요. 그러자 그는 '그저 평범한 사람으로, 단지 밥 먹는 것을 못 보았소.' 하였고 '생김생김이 어떠합니까?' 하였더니 '키는 일곱 척을 훌쩍 넘고 몸집은 몹시 야위고 수염이 좋으며, 눈동자는 푸르고 귀는 길고 누렇소.' 라고 하기에 '술은 얼마나 마시던가요?' 라고 물었더니 '한 잔만 마셔도 취하지만 한 말을 마셔도 그 이상 취하지는 않소. 일전에 그가 술에 취해 길바닥에 누워 있었는데 포리捕吏가 그걸 보고 그를 이레 동안 가둬놓았는데 그래도 술이 깨지 않아 그냥 놓아주었다오.' 라고 하였습니다. '그의 언행은 어떤가요?' 라고 묻자 '남들이 얘기할 때에는 잠자코 앉아서 듣다가 졸기도 하지만, 이야기가 끝나면 웃음이 끊이질 않소.' 라고 하기에 '그럼 몸가짐은요?' 라고 묻자 '참선하듯 고요하고, 수절하는 과부처럼 조신하오.' 라고 하였습니다."

나는 윤생이 열심히 그를 찾지 않은 건 아닐까 하고 의심한 적도 있었다. 하지만 신생 역시 마찬가지로 여러 군데를 수소문해 보았으나 만나지 못했으며 윤생과 같은 말을 했다. 어떤 사람이 말하기를,

"홍기의 나이는 이미 백 살이 넘었고 그와 함께 어울리는 자들은 다 기인이다."

라고 하였고 어떤 사람은,

　"아니다. 홍기는 열아홉에 장가를 가서 곧바로 아들을 낳았는데 그 아들이 이제 겨우 스물 전후이니, 홍기의 나이는 아마 쉰 정도 되었을 것이야."

라고 하였다. 또 어떤 사람은,

　"김 신선이 지리산에서 약초를 캐다가 벼랑에서 떨어져서 돌아오지 못한 지가 벌써 수십 년이나 되었소."

라고 하였고 어떤 사람은,

　"아직도 어두운 바위틈에 무언가 반짝이는 게 있다."

라고 하고, 또 어떤 사람은 다음과 같이 말하였다.

　"그건 그 노인의 눈빛이야. 가끔씩 그 산골짜기에서 길게 하품하는 소리도 들리더군. 그러나 지금의 김홍기는 술이나 잘 마시지 무슨 방술이 있는 것은 아니고 오직 그 이름을 빌려서 행세하고 있을 뿐이야."

　그러나 나는 또 동자童子 복에게 그를 찾아보라고 시켰으나 결국에는 찾지 못하였다. 이때가 계미년(1763년, 영조 39년)이었다.

그 이듬해 가을에 나는 동쪽 바닷가를 여행하다가 저녁나절 단발령에 올라가 금강산을 바라보았다. 금강산의 봉우리는 일만 이천 봉이라 하는데 하얗게 빛나고 있었다. 산으로 들어가니 단풍나무가 빽빽하게 늘어서 붉게 물들어가고 있었다. 서리를 맞은 싸리나무, 느릅나무, 녹나무 등은 누렇게 변해 있었고 삼나무와 노송나무는 더없이 푸르렀다. 이 외에도 사철나무가 많았고, 기이한 나뭇잎들이 누렇고 붉게 물들어 있었다. 나는 주위를 즐겁게 감상하다가 가마를 메고 있는 스님에게 물었다.

"이 산에 도술을 통달한 기이한 스님이 있다고 하던데 같이 얘기 좀 할 수 있겠소?"

그러자 스님이 말하길,

"그런 사람은 없고 선암에 벽곡(신선이 되기 위해 곡식을 피하고 솔잎, 대추, 밤 따위를 생식하며 수련하는 것)하는 자가 있다고 들었습니다. 영남에서 온 선비라고 하던데 확실히는 모르겠고, 선암으로 가는 길이 워낙 험해서

거기까지 가 본 사람이 없다고 합니다."

밤이 되어 나는 장안사에 앉아서 스님들에게 물어보았으나 모두 같은 대답을 하며, 벽곡하는 사람이 100일을 채우고 떠나겠다고 했는데 이제 거의 90일 남짓 되었다고 하였다. 나는 '아마도 그가 신선이겠지.'라고 생각하며 몹시 기쁜 마음에 밤중이었음에도 당장 그를 찾아가고 싶었다.

다음 날 아침, 진주담 밑에 앉아 같이 갈 일행을 기다렸으나 다들 약속을 어기고 오지 않았다. 때마침 여러 고을을 순행하던 관찰사가 이곳으로 들어와 여러 절을 돌아다니며 쉬고 있었으므로, 수령들이 다들 찾아와 잔치를 벌이고 음식과 거마車馬를 제공했으며, 구경을 나갈 때마다 스님 백여 명이 그를 따르곤 했다.

선암으로 가는 길은 높고 험해서 나 혼자서는 갈 수가 없었다. 그래서 영원과 백탑 사이를 오가며 애만 태웠다. 그 후로 비가 오랫동안 내리는 바람에 산속에서 엿새를 묵고서야 선암에 이를 수 있었다.

선암은 수미봉 아래에 있었는데 내원통으로부터 이십여 리를 들어가니 깎아 세운 듯한 큰 바위가 천 길이나 되었으며, 길이 끊어질 때마다 쇠줄을 부여잡고 공중에 매달려서 가야만 했다. 그곳에 이르니 뜰은 텅 비어 새소리조차 들리지 않았다. 탑榻(평상) 위에는 동銅으로 만든 작은 불상이 있었고, 그 앞에 신발 한 켤레가 놓여 있었다. 나는 섭섭한 마음이 들어 그곳을 한참 서성이며 우두커니 바라보다가 마침내 바위벽 아래에다 이름을 남기고는 탄식하며 떠나왔다. 그런데 그곳은 항상 구름으로 둘러싸여 있었고 쓸쓸한 바람이 불었다.

어떤 책에는 '신선이란 산에 사는 사람이다.' 라고 하였고, 또 어떤 책에는 '산속에 들어가 있는 사람이 곧 신선이다.' 라고 하였다. 또한 신선이란 너울너울 가볍게 날아오르는 사람을 의미한다. 그렇다면 벽곡하는 사람들이 반드시 신선은 아닐 것이며, 그들은 아마도 뜻을 얻지 못해 울적하게 살다 간 사람들일 것이다.

마장전 馬駔傳

마
장
전

말 거간꾼(사고파는 사람 사이
에서 흥정을 붙이는 일을 하는 사람)이나 집주릅(집 흥정을
붙이는 일을 직업으로 가진 사람)이 손뼉을 치고 손가락으
로 가리켜 보이는 짓이나, 관중(중국 제나라의 정치가)과
소진(전국시대의 변사)이 닭·개·말·소의 피를 바르고
맹세했던 일은 신뢰를 보이기 위한 것이다.

이제 그만 헤어지자는 말을 듣자마자 가락지를 팽개
치고 수건을 찢어버린 뒤 등불을 등진 채 벽을 향해 고
개를 떨구고 울먹이는 것은 믿음직한 첩임을 보이기 위

한 것이요, 간과 쓸개라도 내어줄 듯 손을 잡고 마음을 증명해 보이는 것은 믿을 만한 친구임을 보이기 위한 것이다.

그러나 부채로 콧마루를 가리고 두 눈을 껌벅이는 것은 거간꾼들의 술책이며, 위협적인 말로 상대의 마음을 뒤흔들고 상대가 꺼리는 곳을 건드려 속을 떠보기도 하고, 강한 상대에게는 위협하고 약한 상대는 억압하며, 동맹한 무리들은 흩어지게 하고 흩어진 무리들을 합쳐주는 것은 패자霸者(우두머리)와 유세가들이 이간하고 농락하는 권모술수이다.

옛날에 심장병을 앓고 있는 사람이 있었다. 그는 아내에게 약을 달이게 하였는데 그 약이 많았다가 적었다가 하면서 양이 일정치 않았다. 화가 난 그는 이번에는 첩에게 약을 달이라고 하였다. 그랬더니 첩이 달인 약은 분량이 일정했다. 그는 첩을 기특하게 생각하며 창에 구멍을 내고는 엿보았다. 그랬더니 첩은 약이 많으면 바닥에 부어버리고, 적으면 물을 타서 약의 분량을

적절하게 맞추고 있었다.

그러므로 귓속말로 속삭이는 것은 좋은 말이 아니요, 비밀이니 누구에게도 알리지 말라고 신신당부하는 것도 깊이 있는 사귐은 아니다. 또한 정이 얼마나 깊은지를 드러내려고 애쓰는 자도 진정한 벗이 아니다.

어느 날 송욱, 조탑타, 장덕홍 세 사람이 광통교 위에서 서로 벗을 사귀는 방법에 대해 이야기를 나누고 있었다. 탑타가 말했다.

"내가 아침에 바가지를 두드리며 밥을 빌러 나갔다가 포목전에 들렀는데 마침 가게 이층에 옷감을 흥정하는 자가 있었네. 그는 옷감을 고르더니 혀로 핥아보기도 하고 햇빛에 비춰보며 그 두께를 살피더군. 어차피 옷감의 가격은 그들의 입에 달렸는데 그들은 서로 원하는 가격을 부르라고 하더니 얼마 지나지 않아 두 사람은 옷감에 대한 일은 잊어버리고 말았지. 그러다 가게 주인이 갑자기 먼 산을 바라보며 구름이 나왔다고 노래를 흥얼거리고, 옷감을 사러 온 사람은 뒷짐을 지고 서성

대며 벽에 걸린 그림을 보고 있었다네."

그러자 송욱이 말했다.

"너는 벗을 사귀는 태도만 보았을 뿐 참된 '도道'는 보지 못한 게로군."

그러자 덕홍도 말했다.

"꼭두각시놀음에 장막을 드리우는 건 노끈을 당기기 위해서지."

그러자 송욱이 또 말했다.

"너는 사귀는 겉모습만 보았을 뿐 사귀는 도는 보지 못했네. 대체로 군자가 벗을 사귀는 방법에는 세 가지가 있고 좀 더 구체적으로 들어가면 다섯 가지가 있다네. 그런데 난 아직까지 한 가지 방법도 깨치지 못했기에 나이 서른이 되어서도 진정한 벗 하나가 없네. 하지만 오래전에 그 도에 대해 들은 적이 있지. 팔이 밖으로 뻗지 않는 것은 술잔을 잡았기 때문이라네."

덕홍이 말했다.

"아무렴, 그렇고말고. 옛 시에 이르길 '저 숲속에서

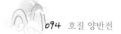

학이 우니 그 새끼가 화답하네. 벼슬이 아름다우니 내 그대와 함께하여 보세.' 라고 하였네. 바로 이를 두고 한 말이 아니겠는가."

송욱이 말했다.

"너와는 벗에 대해 논할 수 있을 것 같네. 좀 전에 내가 그중 하나를 가르쳤더니 넌 이미 둘을 알고 있구나. 온 세상 사람들이 좇는 것은 오직 세력이요, 서로 싸워가며 차지하려는 것은 명예와 이익일 뿐이지. 그러니 처음부터 술잔이 입과 함께 모의한 것도 아닌데 팔이 저절로 안으로 굽어든 이유는 그것이 바로 자연스러운 형세이기 때문이지. 또한 저 학과 그 새끼가 울음으로써 서로 화답하는 것은 바로 명예를 위해서가 아니겠는가. 벼슬을 좋아하는 것은 이익을 구하는 것이지. 그러나 좇는 이가 많아지면 형세는 갈라지고, 도모하는 이가 많아지면 명예와 이익이 제 차지가 없어지는 법이지. 그리하여 군자는 형세와 명예와 이익이라는 이 세 가지에 대해 말하기를 꺼려한 지 꽤 오래되었다네. 그리하여 내 일부러 은유적인 말로 네게 알려주었는데 너는 금세 이 뜻을 알아차렸구나.

네가 남들과 사귈 때 첫째, 상대방이 과거에 잘한 일들에 대해서만 칭찬을 하지는 말게. 그러면 상대방이 싫증을 느껴 어떤 감동도 느끼지 못하게 될 거야. 그리고 둘째, 상대방이 미처 생각하지 못했던 점에 대해서도 깨우쳐주지 말게. 그가 몸소 행해서 훗날에 깨닫게 되면 무색해지기 때문이지. 셋째, 친구들이 여럿 모인 자리나 많은 이들이 함께하는 자리에서 어느 한 사람을 지목하여 '최고'라고 칭찬하지도 말게나. '최고'라는 말은 그보다 더 위가 없다는 뜻이니 그 자리에 있는 다른 사람들의 기분이 씁쓸해지지 않겠나.

그러므로 벗을 사귀는 데에도 방법이 있으니 첫째, 상대방을 칭찬하려거든 우선 그의 허물을 들춰내어 꾸짖는 것이 좋고 둘째, 상대방에게 사랑함을 보여주려면 우선 노여움을 드러내야 하네. 셋째, 상대방과 친하게 지내고 싶다면 뚫어질 듯 쳐다보다가 부끄러운 듯 돌아

서야 하고 넷째, 상대방으로 하여금 나를 믿게 하려거든 일부러 의문스러운 점을 하나 만들어놓고 기다려야 할 것이네. 다섯째, 대체로 열사는 슬픔이 많고 미인은 눈물이 많은 법인데, 영웅이 눈물을 많이 흘리는 까닭은 남의 마음을 움직이기 위해서라네.

이 다섯 가지가 군자가 은밀하게 사용하는 비법이며 처세에 있어 어디에나 통용될 수 있는 방법이라네."

그 말을 들은 탑타가 덕홍에게 말했다.

"송 군의 말은 너무나 어려워 마치 수수께끼와 같아 나는 도무지 잘 이해가 되지 않네."

덕홍이 말했다.

"네 어찌 이 말을 이해하겠는가. 잘하고 있음에도 일부러 소리치며 꾸짖는다면 그의 명예는 더 높아질 것이네. 노여움은 사랑에서 비롯되고 인정 역시 책망에서 비롯되기에 한 집안 사람끼리는 아무리 잔소리를 해도 싫지 않은 법이지. 그리고 아주 친한 사이라도 거리를 두고 대한다면 더없이 친한 사이로 발전할 수 있으며,

아무리 믿음이 두터운 사이일지라도 의심스러운 듯 대한다면 더없이 믿음직한 사이로 발전할 수 있다네.

술이 거나해지고 밤이 깊어 뭇사람은 다 졸고 있을 때 말없이 서로 바라보다가 그 남은 취기를 타서 슬픈 심사를 자극하면 누구든 뭉클하여 감동하지 않을 수 있겠는가. 그러므로 벗을 사귐에 있어 서로의 마음을 알아주는 것만큼 고귀한 것은 없으며, 서로의 마음을 감동시키는 것보다 더 기쁜 일도 없을 것이네.

게다가 성급한 자가 노여움을 풀고, 사나운 자가 원망을 푸는 방법에는 울음보다 더 빠른 것이 없다네. 나 역시 남과 사귈 때 때때로 울고 싶을 때가 있었지만 그러고 싶어도 눈물이 나지 않더군. 그래서인지 지금껏 나라 안을 돌아다닌 지 31년이나 되었건만 아직 진정한 벗 하나 사귀지 못했다네."

탑타가 물었다.

"그렇다면 충忠으로써 사귐에 임하고 의義로써 벗을 사귀면 어떻겠는가?"

그 말을 들은 덕홍은 탑타의 얼굴에 침을 뱉으며 큰 소리로 꾸짖었다.

　"에잇, 더럽구나. 그걸 말이라고 하느냐? 잘 들어봐라. 무릇 가난한 자들은 바라는 것이 많기에 한없이 의義를 그리워한다네. 하늘을 쳐다봐도 가물가물할 뿐인데 곡식을 내려주지 않나 기대하고, 누군가의 기침 소리만 들려도 무엇을 주지 않나 목을 석 자나 길게 뽑곤 하지. 그러나 재물을 모아 놓은 자들은 인색하다는 소리를 들어도 부끄럽게 여기지 않는다네. 이것은 남들이 자기에게 무언가를 바라게 할 생각조차 하지 못하게 만드는 거라네.

　또한 천한 사람은 아낄 것조차 없으므로 그의 충심을 다해 아무리 힘든 일일지라도 사양하지 않는다네. 물을 건널 때에도 옷을 걷지 않는 건 다 해진 고의(남자의 홑바지)를 입었기 때문이고, 반면에 수레를 타고 다니는 사람이 가죽신 위에 덧신을 신는 것은 진흙이 묻을까 염려하기 때문이지. 가죽신 밑창도 아끼는 사람이 제

몸뚱이는 오죽 아끼겠는가. 그러니 충忠이니 의義니 외치는 것은 가난하고 천한 자들의 상투적인 구호일 뿐이고, 부를 누리는 자들에게는 노란거리조차 안 된다네."

그러자 탑타는 슬픈 낯빛으로 정색하며 말했다.

"내 한평생 벗을 하나도 사귀지 못할지라도, 자네 말처럼 군자들과는 사귀지 못하겠네."

그러면서 세 사람은 서로의 갓과 옷을 모두 찢어버리고 때 묻은 얼굴과 흐트러진 머리를 하고 새끼줄을 허리에 동여매고 저잣거리에서 노래를 부르며 돌아다녔다.

골계선생滑稽先生(해학을 잘하는 사람으로, 여기서는 연암 자신을 지칭)이 이 이야기를 듣고 〈우정론〉이란 글을 지었는데 그 내용은 다음과 같다.

나무쪽을 붙이는 데에는 부레풀이 제일이고, 쇠끝을 붙이는 데에는 붕사만 한 게 없으며, 사슴이나 말가죽을 붙이는 데에는 멥쌀밥을 이겨서 붙이는 것보다 단단한 것이 없음을 내 안다. 그러나 벗을 사귐에 있어 가장

중요한 것은 바로 '틈'이다. 연燕나라와 월越나라처럼 멀리 떨어져 있는 그런 틈을 일컫는 것이 아니요, 산천이 가로막고 있다고 틈이 있는 것도 아니다. 또 둘이서 무릎을 맞대고 나란히 앉았다 해서 반드시 밀접한 사이가 아니요, 어깨를 치고 소매를 붙잡는 관계라 하여 반드시 마음이 일치하는 것도 아니다. 그런 사이에도 틈은 있는 것이다.

옛날에 상앙(진秦의 정치가)이 장황한 말을 늘어놓자 진秦효공은 들은 척도 않고 꾸벅꾸벅 졸았고(상앙이 진秦효공에게 제왕의 되帝道에 대해 전하자 효공은 졸면서 듣지 않았고, 왕도王道를 전할 때도 졸다가, 무력으로 천하를 다스리는 법覇道에 대해 이야기하자 그제야 상앙의 말에 귀를 기울였다고 함) 범저가 노여움을 드러내지 않았다면 채택이 아무 말도 못했을 것이다. 그러므로 밖으로 나와서 상앙을 꾸짖어주는 사람이 반드시 있었으며, 채택의 말을 전하여 범저가 화를 내도록 만든 사람이 반드시 있었던 것이다. 공자公子 조승(평원군)이 소개의 역할을 하였다.

반면에 성안후(진여)와 상산왕(장이)은 빈틈없이 사귀
었다. 그러나 그들 사이에 한 번 틈이 생기면 누구도 어
찌할 방법이 없었다. 그러므로 중히 여길 것은 틈이 아
니고 무엇이며, 두려워할 것도 틈이 아니고 무엇이랴.
무릇 아첨이라 하는 것은 그 틈을 이용해서 생겨나고
고자질 또한 그 틈을 이용해 서로의 사이를 멀어지게
하는 것이다. 그러므로 사람을 잘 사귀는 이는 먼저 그
틈을 잘 이용하고, 사람을 잘 사귈 줄 모르는 이는 틈을
이용할 줄 모르는 것이다.

성격이 강직한 사람은 외골수여서 자신을 굽히고 남
에게 나아가지도 않고 우회적으로 말을 하지도 않으며,
한 번 말을 꺼냈다가 의견이 하나로 모아지지 않으면
누군가가 그를 이간질하지 않아도 제풀에 막히고 만다.
그러므로 속담에도 '열 번 찍어 안 넘어가는 나무는 없
다.' 라고 하였고 '성주신(집을 지키는 신)을 위하려면 조
왕신(부엌을 지키는 신)께 먼저 치성을 드리라.' 고 하였

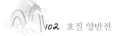

으니 모두 이를 두고 한 말이다.

　따라서 아첨을 전하는 데에도 세 가지 방법이 있다. 첫째, 자신의 몸을 단장하고 얼굴을 꾸민 뒤 얌전하게 말하며, 명예와 이익에 밝지 않고 남들과 사귐을 꺼리는 척하며 저절로 아첨하는 것이 상첨上諂이다. 둘째, 곧은 말을 간곡하게 하여 진정한 자신의 마음을 드러내되, 그 틈을 잘 이용해 자신의 뜻을 이해시키는 것이 중첨中諂이다. 그리고 셋째, 말굽과 돗자리가 다 닳도록 자주 드나들며 그의 입술과 낯빛을 자세히 관찰하면서 그가 하는 말이면 무엇이든 무조건 칭찬하고 그의 행동 역시 무조건 아름답다고 칭송하면, 처음에는 상대방도 기뻐할 것이다. 그러나 그것이 오래 지속되면 싫증이 나고, 싫증이 나면 비루하게 여기게 되는 것이다. 그러다 결국은 자신을 가지고 노는 게 아닌가 의심하게 되니 이것이 바로 하첨下諂이다.

　관중은 아홉 차례나 제후를 규합했고, 소진은 여섯 나라를 연맹하였으니 이는 '천하에 가장 큰 사귐'이라

할 수 있겠다. 그러나 송욱과 탑타는 거리에서 빌어먹고 덕홍은 저잣거리에서 미친 듯이 큰 소리로 노래를 부른다 해도 말 거간꾼의 술수는 쓰지 않았다. 하물며 글을 읽는 군자가 어찌 그런 짓을 할 수 있겠는가.

허생전
許生傳

허생전

허생은 묵적골에 살았다. 남산 아래로 곧장 내려가면 우물이 있고, 그 위에는 오래된 은행나무가 서 있다. 사립문은 은행나무를 향해 열려 있으며, 두어 칸밖에 되지 않는 초가집은 비바람을 가리지 못한 채 거의 다 쓰러져 가고 있었다.

그러나 허생은 집에 비바람이 새는 것도 신경 쓰지 않고 글 읽기만을 좋아했는데, 그의 아내가 삯바느질을 하여 겨우겨우 입에 풀칠을 하며 살아가고 있었다.

그러던 어느 날, 허생의 아내는 허기를 견디다 못해

눈물을 흘리며 하는 말이,

"당신은 평생 과거도 보지 않으면서 왜 글을 읽는 거예요?"

그러자 허생은 껄껄 웃으며 말하기를,

"내가 아직 글 읽기가 서툴러서 그렇소."

"그러면 공장工匠(수공업에 종사하던 장인) 노릇도 못한단 말예요?"

"공장 일은 처음부터 배운 적이 없으니 어떻게 하겠소?"

"그럼 장사라도 하셔야죠."

"장사도 밑천이 있어야 하는 것인데 어떻게 하겠소?"

그러자 참다못한 아내는 화를 내며 말했다.

"당신은 밤낮 글만 읽더니 배운 것이라곤 그저 '어떻게 하겠소?'라는 말뿐이에요? 공장 일도 못 하고, 장사도 못 한다 하면 차라리 도둑질은 어떻겠어요?"

그러자 허생은 책을 덮고 자리에서 일어났다.

"아, 안타까운 일이로다. 10년을 기약하고 글공부를 시작했건만 이제 고작 7년이 지났는데."

허생은 문 밖을 나섰지만 아는 이 하나 없었다. 그래서 그는 종로로 가서 행인들에게 물었다.

"누가 한양에서 제일가는 부자요?"

누군가가 변 씨라고 일러주자 허생은 그 길로 그 집을 찾아 나섰다. 허생은 변 씨를 만나 길게 읍(예를 갖춰 인사하는 방식)하며 말했다.

"내 집이 가난한데 무엇을 좀 해보고 싶어 그러니 만 냥만 빌려주시오."

그러자 변 씨는,

"그렇게 합시다."

라고 말하며 만 냥을 선뜻 내주었다. 그러자 허생은 고맙다는 인사도 없이 가버렸다.

변 씨의 자제와 손님들이 허생의 차림새를 보니 거지나 다름없었다. 허리에 띠를 둘렀지만 술이 다 빠져버렸고, 가죽신을 신기는 했으나 뒤꿈치가 닳아 있었다. 다 망가진 갓에다 시커멓게 때가 탄 도포를 걸쳐 입었는데, 코에서는 맑은 콧물이 흐르고 있었다. 그가 나가

버린 후에 다들 놀라서 묻기를,

"어르신께서는 그 사람을 아십니까?"

그러자 변 씨는,

"모른다네."

"그럼 알지도 못하는 자에게 만 냥이나 선뜻 내주시다니, 그러면서도 이름조차 묻지 않으시니 어찌된 일입니까?"

그러자 변 씨가 말했다.

"이건 자네들이 상관할 일이 아니네. 대체로 남에게 청탁을 하러 오는 자들은 자신의 생각을 길게 늘어놓으며 믿음을 심어주려고 애쓰는 법이지. 그러면서도 그들의 낯빛은 자신이 없고, 했던 말을 반복하곤 하네. 그런데 이 사람은 옷이며 신발이 다 낡긴 했지만 긴 말을 늘어놓지 않았고, 눈빛은 자신감이 넘치며 전혀 부끄러운 기색이 없었네. 그는 분명 물욕이 없고 스스로 만족할 줄 아는 사람임이 틀림없다네. 그러니 그가 하고자 하는 일도 분명 작은 일은 아닐 테고, 나 역시 그를 한 번

시험해 보고 싶었네. 돈을 주지 않았으면 모를까 이미 만 냥을 주었는데 이름은 물어서 무엇하겠는가.”

만 냥을 얻은 허생은 집으로 돌아가지 않고 ‘안성은 경기도와 호남의 접경이고, 삼남(충청, 전라, 경상도)의 어귀이다.’라고 생각하며 안성에 머물렀다. 그리하여 대추, 밤, 감, 배, 석류, 귤, 유자 등의 과일을 장사꾼이 부르는 대로 값을 쳐주고, 구하기 어려운 것은 제값의 두 배를 주고 사들였다. 그리고 그것을 저장해 두었다.

얼마 지나지 않아 나라에서는 과일을 구하지 못해 사람들이 잔치나 제사를 치르지 못할 지경에 이르렀다. 그러자 허생에게 과일을 팔았던 과일 장수들이 오히려 열 배의 값을 치르고 다시 사들이려 하였다.

“겨우 만 냥으로 나라를 기울게 하였으니 이 나라의 깊이를 알 만하구나!”

허생은 탄식하며 말했다. 그리고 나서 허생은 칼, 호미, 무명, 명주, 솜을 몽땅 사들인 뒤 제주도로 가서 말총을 모두 사들였다.

"몇 해 지나지 않아 온 나라 사람들은 상투도 감싸지 못할 게야."

허생의 말대로 얼마 지나지 않아 망건 값이 열 배로 뛰어올랐다.

그러던 어느 날, 허생은 늙은 뱃사공에게 물었다.

"혹시 바다 밖에 사람이 살 수 있는 빈 섬이 있는가?"

그러자 사공이 말했다.

"있습니다. 일전에 제가 바람에 휩쓸려 사흘 밤낮 동안 곧장 서쪽으로 떠밀려가다가 한 섬에 이른 적이 있지요. 사문과 장기 사이에 있는 것으로 생각되는데, 꽃과 잎이 저절로 피고 과일과 오이가 저절로 익어가는 곳이지요. 게다가 사슴들이 떼를 지어 다니고 물고기들도 놀라지 않습니다."

사공의 말을 듣고 난 허생은 몹시 기뻐하며 말했다.

"자네가 나를 그곳에 데려다 준다면 평생 부귀를 누릴 수 있게 해주겠네."

사공은 허생의 말에 따랐다. 그렇게 그들은 바람이

좋은 날에 배를 타고 동남쪽으로 들어가 섬에 다다랐다. 허생이 높은 곳에 올라 주위를 둘러보더니 섭섭한 표정으로 말했다.

"천 리도 안 되는 땅에다 무얼 할 수 있겠는가? 허나 땅이 기름지고 샘물 맛이 좋으니 부잣집 영감 노릇은 할 수 있겠구나."

그러자 사공이 물었다.

"사람 하나 없는 빈 섬에서 누구와 함께 산다는 말입니까?"

그러자 허생이 말하였다.

"덕이 있는 자에게는 저절로 사람이 모이는 법이지. 덕이 없는 게 걱정이지 어찌 사람 없는 것을 걱정하겠는가."

이즈음, 변산 지방에 수천 명의 도둑들이 나타났고, 고을에서는 도둑을 잡기 위해 군사들까지 모았으나 실패하였다. 도둑들 역시 이러한 상황에서 쉽게 도둑질을 할 수 없었기에 몸을 사렸고, 굶주림에 시달리고 있었다. 이 이야기를 들은 허생은 도둑의 소굴로 찾아가 그들의 괴수(무리의 우두머리)를 설득시켰다.

"너희들 천 명이 천 냥을 도둑질해서 나눈다면 한 사람당 얼마씩 가질 수 있느냐?"

그러자 괴수가 말했다.

"한 사람당 한 냥이지."

"너희들은 아내가 있느냐?"

도둑들이 대답했다.

"없소."

"그렇다면 논밭은 있느냐?"

그러자 도둑들은 피식 웃으며 말했다.

"밭이 있고 아내가 있으면 뭐 하러 도둑질을 하겠소?"

"그 말이 진실이라면 너희들은 왜 아내를 얻지 않고 소를 사서 농사지을 생각을 하지 않는 것이냐? 그렇게만 한다면 도둑 소리도 듣지 않을 테고 부부가 같이 살림을 꾸려가는 재미도 있지 않겠느냐. 아무리 밖에 돌아다녀도 잡아가는 이 없고 먹을 것, 입을 것 풍족하게

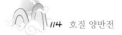

살 수 있을 텐데 말이다."

"누가 그걸 몰라서 그러오? 돈이 없으니 그렇잖소?"

그러자 허생은 웃으며 말했다.

"너희들은 도둑질을 하면서 어찌 돈이 없다고 걱정을 하는 게냐? 내 너희들을 위해 돈을 마련해 주겠다. 내일 바닷가로 나가면 붉은 깃발을 단 배들이 보일 것이다. 그것들은 돈을 가득 실은 배이니 너희들이 원하는 만큼 돈을 가져가거라."

허생은 말을 마치고 어디론가 가버렸다. 도둑들은 말도 안 되는 소리라 생각하며 그를 미친놈이라 비웃었다. 다음 날, 그들은 혹시나 하는 마음에 바닷가로 나갔다. 허생은 이미 30만 냥을 배에 싣고 기다리고 있었다. 모두들 놀라 차례로 절을 올리며 말했다.

"앞으로는 장군님의 명령에 무조건 따르겠습니다."

그러자 허생이 말했다.

"지고 갈 수 있을 만큼 다 가져가거라."

그러자 도둑들은 너나 할 것 없이 서로 다투어 돈을

가져가려 했다. 그러나 욕심만 앞설 뿐 100냥도 채 짊어지지 못했다.

"겨우 100냥도 들지 못하면서 무슨 도둑질을 한다는 것이냐? 이제 너희들은 평민이 되고 싶어도 도둑 명부에 이름이 올랐으니 불가능할 테고 마땅히 갈 데도 없을 것이다. 그러니 내 여기서 너희들을 기다리겠다. 지금부터 너희들이 한 사람당 100냥씩 가져가서 아내와 소 한 마리를 구해 오너라."

그러자 도둑들은 그렇게 하겠다고 대답하고는 모두 흩어졌다. 허생은 2천 명이 일 년 동안 먹을 양식을 장만한 뒤 도둑들을 기다렸다. 때가 되자 도둑들이 모두 돌아왔다. 허생은 그들 모두를 배에 태우고 빈 섬으로 갔다. 허생이 도둑들을 한꺼번에 소탕하니 나라 안이 잠잠해졌다.

섬에 다다르자 그들은 나무를 베어 집을 짓고 대나무로 울타리를 만들었다. 땅이 워낙 기름져 밭갈이나 김매기를 하지 않아도 줄기가 휘어질 만큼 이삭이 잘 자

랐다.

허생은 삼 년간 먹을 식량을 제외하고 나머지는 모두 배에 싣고 장기도로 가서 팔았다. 장기도는 31만 호나 되는 일본의 영토였는데, 마침 그곳에 큰 흉년이 들었기에 허생은 가져간 곡식을 모두 다 팔아버리고 은 100만 냥을 얻었다.

"이제야 내가 뭘 좀 시험해 본 것 같구나."

허생은 탄식하며 남녀 2천 명을 모아 놓고 말했다.

"내 처음으로 너희들과 이 섬에 들어올 때에는 먼저 부자로 만든 뒤에 문자도 따로 만들고 옷이나 갓 역시 새로 지으려고 했다. 허나 땅이 비좁고 내 덕 또한 부족하니 나는 이제 이곳을 떠나야겠다. 아이를 낳거든 오른손으로 숟가락을 쥐게 하고, 하루라도 먼저 태어난 자에게 먼저 먹도록 양보하여라."

그러고 나서 허생은 다른 배들을 모두 불살라버렸다.

"가지 않으면 오는 사람도 없을 터."

그리고 은 50만 냥을 바다에 던지며,

"바다가 마르면 얻는 자가 있겠지. 100만 냥도 나라 안에서 쓸 데가 없는데 하물며 이런 작은 섬에서 어찌 쓰겠느냐."

라고 하였다. 그리고 그들 무리 중에 글을 아는 자를 배에 태우며,

"이 섬의 화근을 없애야지."

라고 하고는 함께 떠나왔다. 그 후로 그는 온 나라 안을 돌아다니며 가난하고 의지할 데 없는 사람들을 도와주었다. 그러고도 10만 냥이 남았다.

"이걸로 변 씨에게 빌린 돈을 갚아야겠다."

허생은 변 씨를 찾아가 물었다.

"그대는 나를 기억하겠소?"

그러자 변 씨는 깜짝 놀라며,

"그대의 낯빛이 예전과 다르지 않으니 만 냥을 모두 날려버렸나 보구려."

그러자 허생은 웃으며,

"재물로 낯빛이 좋아지는 것은 소인들이지, 만 냥이

어찌 도道를 살찌우겠는가."

그러고 나서 허생은 변 씨에게 10만 냥을 건넸다. 그러면서,

"한때의 굶주림을 견디지 못하고 글 읽기를 끝내지 못했으니 내 그대에게 빌린 만 냥이 그저 부끄러울 뿐이오."

그러자 변 씨는 몹시 놀라 일어나서 절을 했다. 변 씨는 10만 냥을 사양하고 빌려준 돈과 이자만 받으려고 했다. 그러자 허생은 크게 화를 내며,

"그대는 나를 장사꾼으로 보는 것이오?"
라고 말하며 소매를 뿌리치며 가버렸다.

변 씨는 허생 몰래 그의 뒤를 밟았다. 허생은 남산 아래로 가더니 낡은 오막살이집으로 들어갔다. 마침 한 노파가 우물가에서 빨래를 하고 있기에 변 씨가 물었다.

"저 오막살이집은 누구의 집이오?"

그러자 노파는,

"허 생원 댁이지요. 그분은 가난했지만 글 읽기를 좋

아했는데 어느 날 아침에 집을 나간 뒤 오 년간 소식이 없었지요. 그의 아내가 혼자 집을 지키며 남편이 집을 나간 날에 제사를 지내고 있습지요."

변 씨는 그의 성이 허 씨라는 것을 알아내고 탄식하며 돌아섰다. 다음 날, 변 씨는 허생에게서 받은 은을 모두 가지고 그를 찾아갔다. 허생은 사양하며 말했다.

"내 부자가 되길 원했다면 100만 냥을 버리고 10만 냥을 취하겠는가. 그러나 이제부터 나는 그대의 도움으로 살겠네. 그대는 자주 나를 찾아와 돌봐주게나. 식구 수대로 음식을 대어주고, 몸을 재서 무명을 마련해 주시게. 그렇게만 해준다면 일생이 풍요로울 것이니 내 무엇 때문에 재물로 마음을 어지럽히겠는가."

변 씨는 여러 방법을 동원해 허생을 설득했지만 그는 끝내 사양했다. 그때부터 변 씨는 허생의 식량을 살피고 의복을 살피며 떨어질 때마다 손수 갖다 주었다. 허생도 흔쾌히 받아들였다. 그러다 혹시라도 분량이 초과되면,

"그대는 어째서 내게 재앙을 주는 것인가?"
라며 사양했다. 그러나 그가 술을 가지고 올 때면 몹시
기뻐하며 서로 술잔을 주고받으며 취할 때까지 마셨다.
그렇게 몇 해가 지나자 그들의 우정은 날로 두터워졌다.
어느 날 변 씨가 허생에게 물었다.

"다섯 해 만에 어떻게 100만 냥을 벌었소?"

"그건 가장 알기 쉬운 일이네. 우리 조선은 외국과 배
로 거래하지 않고, 수레가 나라 안에서도 돌아다니지
못하니, 결국 모든 물건은 여기서 만들어지고 여기서
쓰이게 되지. 천 냥은 적은 돈이라 모든 물건을 다 살
수는 없지만, 그것을 열 개로 나누면 열 가지 물건을 살
수 있지. 물건이 가벼우면 나르기도 쉬우니, 비록 하나
를 손해 봤다 하더라도 나머지 아홉 개는 이문이 남게
되는 법이지. 이것은 보통 작은 장사치들이 이문을 낼
때 쓰는 방법이라네.

대체로 만 냥이면 한 가지 물건은 모조리 다 사들일
수 있으니, 수레에 실린 것이나 배에 실린 것은 모조리

사들일 수 있을 것이네. 게다가 한 고을에 가득 찬 물건도 다 살 수 있을 테고. 그물의 코로 거두어들이듯 모조리 휩쓸어버릴 수가 있는 것이지. 예를 들면, 육지의 산물 중에서 하나를 독점해 버린다든지, 아니면 바다의 산물 중에서 하나를 독점해 버린다든지, 약재 중에서 하나를 독점해 버린다면 장사꾼들은 속깨나 썩을 테고, 물건 값은 천정부지로 솟게 되겠지. 하지만 이것은 백성들을 괴롭히는 일이네. 훗날, 나랏일을 돌보는 자 가운데 이런 방법을 쓰는 이가 있다면 그 나라는 반드시 병이 들고 말 것이네."

그러자 변 씨가 말했다.

"그대는 내가 처음에 만 냥을 내어줄 것을 어찌 알고 나를 찾아왔는가?"

허생이 말했다.

"자네가 꼭 내게 줄 거라 생각하진 않았네. 하지만 만 냥을 가진 누구라도 내게 내어주지 않을 순 없을 거야. 내 만 냥 정도는 넉넉히 벌 수 있다고 나 스스로 믿고

있지만 운명은 하늘의 뜻이니 그것까지 알 수야 없지 않겠나. 그러니 나를 알아보고 쓸 줄 아는 자는 복이 있는 사람이고, 분명 더 큰 부자가 될 것이네. 이것은 다 하늘의 뜻이니 어찌 내게 돈을 안 내어줄 수 있겠는가. 나는 이미 만 냥을 얻었고, 그 후에는 그의 복에 기대어 행한 것이기에 성공할 수 있었던 것이지. 만약 내가 나혼자의 힘으로 일을 시작했다면 성패는 장담하지 못했을 것이네."

변 씨가 말했다.

"사대부들은 지난날 남한산성의 치욕을 씻으려고 애쓰고 있다네. 지금이야말로 지혜로운 선비들이 팔을 걷어붙이고 일어나 슬기를 펼칠 때라네. 그런데 자네처럼 재주 있는 사람이 그 재주를 썩히고 은둔해 있어서야 되겠는가?"

그러자 허생이 말했다.

"예부터 한평생 은둔하며 살았던 자들이 한둘이겠는가. 조성기(조선 숙종 때의 학자로 한평생 독서와 학문에 힘씀)는 적국에 사신으로서도 적임자였으나 베잠방이(벼슬을 거부하고 조용히 지내는 선비)로 생을 마쳤고, 유형원(조선 후기 실학자로 저서로는 《반계수록》이 있음)은 수많은 군량을 책임질 능력이 있었음에도 바닷가에서 유유히 세월을 보내지 않았던가. 그러니 오늘날 나랏일을 맡아 하는 관리들이 어떠한지 능히 짐작이 간다네. 나는 장사에 수완이 있으니 그 돈으로 족히 아홉 나라 임금의 머리를 살 수도 있었지만 그럼에도 바닷속에 돈을 다 던져버린 까닭은 우리나라는 그만큼의 돈을 쓸 곳이 없기 때문이네."

변 씨는 길게 한숨을 내쉬고는 가버렸다.

변 씨는 예전부터 정승 이완과 친한 사이였다. 이 공은 어영대장이었는데 어느 날 그는 변 씨와 이야기를 나누다가 물었다.

"혹시 항간에 큰일을 함께할 만한 재주를 가진 사람이 있는가?"

그러자 변 씨는 허생에 대해 이야기를 했다. 이 공은

크게 놀라며,

"참으로 기특하구먼. 그런 사람이 있단 말인가. 그런데 그의 이름이 무엇인가?"

"소인이 그와 더불어 삼 년을 알고 지냈건만 아직도 이름은 알지 못합니다."

그러자 이 공은,

"그자는 틀림없는 이인異人(비범한 능력이 있는 사람)일 것이네. 나랑 같이 가보세."

라고 하였다. 밤이 되자 이 공은 곁에 있던 사람들을 다 물리치고 변 씨와 둘이서 말[馬]도 없이 걸어서 허생의 집을 찾아갔다.

변 씨는 잠시 이 공을 문 밖에서 기다리게 한 뒤에 혼자 들어가 허생을 만나서 이 공이 온 까닭을 자세히 설명했다. 그러나 허생은 들은 척도 하지 않으면서,

"가져온 술병이나 빨리 풀게."

라고 하였다. 두 사람은 술을 꺼내 즐겁게 마셨다. 그러나 변 씨는 밖에서 계속 기다리고 있는 이 공이 염려되

어 계속해서 그의 이야기를 꺼냈지만 허생은 크게 신경 쓰지 않았다. 어느덧 밤이 깊었다. 허생은 그제야,

"손님을 부르게."

그러자 이 공이 들어왔다. 그러나 허생은 자리에서 꼼짝도 하지 않았고 이 공은 당황한 나머지 어쩔 줄 몰라 하였다. 그러다 황급히 나라에서 어진 이를 구하고 있다는 뜻을 전했다. 그러자 허생이 손을 저으며 말했다.

"밤은 짧은데 말이 너무 길어 듣기가 지루하구먼. 지금 자네의 벼슬은 무엇인가?"

"어영대장입니다."

"그럼 나라에서는 꽤 믿음직한 신하겠구먼. 내 와룡 선생(제갈량의 호)과 같은 이를 천거할 테니 임금께 아뢰어 삼고초려(인재를 얻기 위해 세 번 찾아가 청함)하게 할 수 있겠는가?"

그러자 이 공은 머리를 숙이고 한참 생각하더니 말했다.

"어려운 일인 듯싶습니다. 그러니 그 다음 방법을 들

고 싶습니다."

"나는 '그 다음'이란 것은 아직 배우지 못했네."

그럼에도 이 공이 계속 묻자 허생이 말했다.

"수많은 명나라 장병은 우리가 옛날에 그들에게 은혜를 입었다 생각하여 그의 자손들이 청나라에서 도망하여 동쪽으로 오지 않았나. 그런데 그들은 떠돌이 생활을 하며 홀아비로 지내고 있으니, 자네가 조정에 아뢰어 종실의 딸들을 그들에게 시집보내고, 김류와 장유의 재산을 징발해서 그들에게 줄 수 있겠는가?"

이 공은 한참이나 고개를 숙이고 있다가 고개를 들며 말하길,

"그 또한 어려운 일인 듯합니다."

"이것도 어렵고 저것도 못 한다고 하니 그럼 무얼 할 수 있다는 것인가? 그렇다면 아주 쉬운 일이 하나 있는데 할 수 있겠는가?"

그러자 이 공이,

"말씀해 주십시오."

라고 말하자 허생이 말했다.

"대개 천하에 대의를 외치려 한다면 우선 천하의 호걸들과 교류하지 않으면 안 되는 법이요, 또한 남의 나라를 치려고 할 때 간첩을 쓰지 않고서 성공한 적은 단한 차례도 없었네. 지금 천하의 주인이 된 만주는 아직은 스스로 중국과 친하지 못하다고 생각하고 있지 않은가. 이러한 때에 조선이 다른 나라들보다 먼저 항복을 하였으니 저들은 지금 우리나라를 가장 믿고 있는 형국이 아닌가. 그러니 이제 우리 자제들을 그들의 나라에 보내서 옛날 당나라와 원나라 때 했던 것처럼 학문도 배우고 벼슬도 할 수 있게 해달라고 청하고, 장사꾼들도 자유롭게 드나들 수 있도록 청한다면 그들은 기뻐하며 허락할 것이네. 그러면 우리나라에서는 자제들을 골라 머리를 깎고, 되놈(중국인을 얕잡아 부르는 말)의 옷을 입히고, 지식층은 빈공과(당나라와 원나라 시절 외국 유학생이 응시했던 시험)에 응시하고, 또한 백성들은 멀리 강남까지 장사꾼으로 들어가게 하여 그들의 허虛와 실實

을 엿보고, 그곳의 호걸들과 교제한다면 천하의 큰일을 꾀할 수 있고 나라의 치욕도 씻을 수 있지 않겠는가.

그러고 나서 주 씨(명明의 황족)를 임금으로 세우고 혹, 그를 찾지 못한다면 천하의 제후들을 거느리고 임금이 될 만한 인재를 하늘에 추천한다면, 우리나라는 잘되면 대국의 스승이 될 것이고, 못 돼도 백구(伯舅)(황제 외숙의 나라)의 나라는 무난하지 않겠는가."

이 공은 잠자코 있다가 말했다.

"모든 사대부들이 몸을 삼가고 예법을 지키고 있는데, 누가 머리를 깎고 되놈의 옷을 입겠습니까?"

그러자 허생이 몹시 화를 내며 말했다.

"소위 사대부라는 자들은 대체 어떤 놈들이냐. 이맥(오랑캐)의 땅에서 태어났으면서 제 스스로 사대부라 하니 참으로 우습지 않느냐. 온통 하얀 바지저고리만 입으니 이것은 상복과 다름없고, 머리를 한데 묶어 송곳처럼 묶으니 이것은 남만(중국 남쪽 오랑캐)의 방망이 상투가 아니더냐. 그러면서 그걸 예법이라고 하는 것이냐.

옛날 번오기는 자신의 원수를 갚기 위해 머리를 자르는 것도 아까워하지 않았고, 무령왕은 나라를 강하게 만들기 위해 오랑캐의 옷을 입는 것도 마다하지 않았다. 그런데 지금 너희들은 명나라의 원수를 갚겠다면서 그깟 상투 하나를 아끼는 것이냐. 그리고 장차 말타기, 칼치기, 창 찌르기, 활 당기기, 돌팔매질도 익혀야 하는데도 그 넓은 소매를 고치려 하지 않고 예법만 들먹이는 것이냐. 내가 평생 처음으로 계책을 세 가지나 알려주었으나 너는 그중 하나도 하지 못한다 하면서 신임 받는 신하라 할 수 있겠느냐. 나라가 신임하는 신하가 겨우 이 정도냐 말이다. 이런 놈은 당장 목을 베야겠다."

허생은 좌우를 살피며 칼을 찾아 찔러죽일 듯한 모습이었다. 이 공은 몹시 놀라 뒤뜰 창으로 도망 나와 그 길로 집으로 달아났다. 다음 날 다시 허생을 찾아갔으나 집은 텅 비었고 허생은 이미 자취를 감추어버렸다.

민옹전

閔翁傳

민
옹
전

 남양에 '민 영감' 이란 자가 살
고 있었다. 그는 무신년(1728년) 민란 때 관군을 따라
토벌에 가담하였는데, 그 공을 인정받아 첨사 자리를
얻었다. 그러나 그 후 고향으로 돌아와서는 벼슬을 하
지 않았다.

민 영감은 어릴 때부터 매우 영특하고 지혜로워 말을
잘했다. 특히 옛사람의 위대한 절개나 거룩한 업적을 기
릴 때면 때때로 의기에 북받쳐 흥분을 하기도 했다. 그
는 전기를 읽으면서 늘 한숨을 짓고 눈물을 흘리곤 했다.

그가 일곱 살이 되자 '항탁(중국 춘추시대 사람으로 일곱 살에 공자孔子의 스승이 되었다고 함)이 스승이 되었다.'라고 벽에다 크게 써놓았다. 열두 살이 되자 '감라(춘추시대 장수)가 장수가 되었다.'라고 썼고, 열세 살이 되자 '외황 고을 아이가 유세(세상을 두루 돌아다니며 자신의 주장을 펼침)를 하였다.'라고 썼으며, 열여덟 살 때에는 '곽거병(한나라 장수)이 싸우러 기련산으로 갔다.'라고 썼고, 스물네 살 때에는 '항적(항우는 진秦나라 군대에 포위당한 조왕趙王을 구하기 위해 오강을 건넘)이 오강烏江을 건넜다.'라고 썼다. 그러다 그는 마흔이 되었는데 아무것도 이룬 것이 없었다. 그러나 그는 또 '맹자는 마음이 흔들리지 않았다.'라고 크게 써놓았다.

그는 그 후에도 해가 바뀔 때마다 계속 이런 글을 썼다. 그래서 그의 집 벽은 빈틈없이 까맣게 되었다. 어느덧 그의 나이 일흔이 되자 아내가 조롱하기를,

"영감, 올해에는 까마귀를 그리려 하오?"

라고 하니 민 영감은 기뻐하며,

"참, 그렇지, 당신은 빨리 먹이나 좀 갈아주시오."

하고는 곧 크게 쓰기를,

"범증이 기이한 꾀를 좋아하였다."

그러자 그의 아내가 별안간 화를 내며,

"아무리 꾀가 기이하다 해도 대체 언제 쓰시려 하오?"

라고 물었다. 그러자 민 영감은 웃으며 말했다.

"옛날 강태공은 여든에 장수가 되어 새매처럼 드날렸소. 그런데 지금 나는 그에 비하면 젊고 어린 아우인 셈이 아니오?"

계유년(1753년)과 갑술년(1754년) 사이에 내 나이(연암 자신을 가리킴)는 열일곱, 열여덟쯤이었다. 오랫동안 병을 앓으며 음악과 글씨, 그림, 칼, 거문고, 골동품 등의 잡물을 꽤 좋아했고, 지나가는 사람들을 모아놓고 우스갯소리를 들으며 마음의 위안을 얻기도 했다. 하지만 마음 깊이 자리 잡은 우울증은 어찌할 방법이 없었다. 그러자 어떤 이가 말했다.

"민 영감은 참으로 기이한 사람이지요. 노래뿐만 아니라 말솜씨도 그만입니다. 그의 이야기는 생기 넘치면서도 괴이하고 걸쭉한 맛이 있거든요. 그러니 그의 이야기를 들은 사람이라면 누구나 답답한 가슴이 뻥 뚫리지요."

나는 그 말을 듣고는 몹시 기뻐하며 그에게 함께 놀러오라고 부탁했다. 그래서 민 영감은 나를 찾아왔다. 마침 나는 벗들과 함께 음악을 즐기고 있었다. 민 영감은 인사도 나누기 전에 퉁소 부는 이를 한참 살펴보더니 그의 뺨을 때리며 큰 소리로 꾸짖었다.

"주인은 즐겁게 놀고 싶어서 불렀건만, 너는 어째서 그렇게 성난 얼굴을 하고 있는 게냐?"

나는 깜짝 놀라며 그 이유를 물었다. 그러자 민 영감이 말했다.

"저 녀석의 눈알을 좀 보십시오. 아주 사나운 기운이 가득하지 않소? 저게 화난 게 아니고 무엇이란 말이오?"

나는 크게 웃었다. 그러자 민 영감이 말을 이었다.

"퉁소 부는 녀석만 그런 것이 아니라오. 피리 부는 녀석은 얼굴을 돌리고 우는 듯하고, 장고 치는 녀석은 근심이 가득 찬 얼굴로 이마를 찌푸리고 있소. 자리에 앉은 모든 이들이 무슨 큰일이라도 벌어진 듯 입을 다물고 있고, 아이와 종들까지도 웃지도, 말도 못 하고 있으니 이런 음악으로 무슨 기쁨을 누릴 수 있겠소?"

그래서 나는 곧 그들을 물리치고 민 영감을 맞아들였다. 그는 몸집이 왜소했으며 흰 눈썹이 눈을 덮고 있었다. 그가 말했다.

"내 이름은 유신이고, 올해 일흔셋이라오."

그러고 나서 내게 물었다.

"그대는 무슨 병을 앓고 있소? 머리가 아픈 거요?"

"아닙니다."

라고 내가 대답하자 그는 또 물었다.

"그럼 배가 아프오?"

"아닙니다."

그러자 그가 말했다.

"그렇다면 그대는 병이 든 게 아니오."

그러고 나서 그는 지게문을 열고 들창을 걷었다. 바람이 창으로 들어오자 기분도 상쾌해져 확실히 예전과는 다른 기분이 되었다. 나는 민 영감에게 말했다.

"저는 특히 무얼 먹는 걸 싫어하고 또 밤에는 잠을 못 이루는데 이게 병이 되었습니다."

그러자 민 영감은 일어나더니 나를 치하했다. 나는 깜짝 놀라 물었다.

"영감님, 대체 무엇을 치하한단 말입니까?"

그가 말했다.

"그대는 가난한데 다행히도 먹는 걸 싫어하니 곧 형편이 나아지지 않겠소? 그리고 잠을 못 이룬다니 낮과 밤을 합쳐 갑절을 살고 있는 셈이 아니오. 살림살이가 나아지고 나이를 갑절로 살게 되면 그것이 바로 수壽와 부富를 함께 누리는 게 아니겠소."

얼마 후 밥상이 들어왔다. 나는 얼굴을 찌푸리며 숟가락도 들지 않고 음식을 골라가며 냄새만 맡고 있었다.

그러자 민 영감은 갑자기 크게 화를 내며 자리에서 일어나려고 했다. 나는 몹시 놀라 물었다.

"영감님, 대체 왜 노하셨습니까?"

그러자 민 영감이 말했다.

"손님을 불렀으면 먼저 권하는 게 예의 아니오? 그런데 어째서 그대는 혼자만 먹으려는 것이오? 이는 나를 대접하는 예의가 아니오."

나는 그에게 사과하고 그를 붙들었다. 그리고 밥상을 빨리 올리게 했다. 그러자 민 영감은 사양하지 않고 소매를 걷어붙이고는 숟가락과 젓가락에 가득 음식을 올렸다. 그 모습을 보고 있자니 저절로 침이 고였고, 답답했던 가슴도 상쾌해지며 코밑이 트였다. 그러면서 예전처럼 밥이 맛있어졌다.

밤이 되었다. 민 영감은 눈을 감고 바른 자세로 앉아있었다. 나는 그에게 말을 걸었지만 그는 아무 말도 하지 않았다. 나는 몹시 지루해졌다. 그때 민 영감이 갑자기 일어나더니 촛불을 돋우면서 나에게 말했다.

"내 젊은 시절에는 한 번만 훑어도 모든 글을 외웠는데 이젠 늙었다오. 그래도 한 번 그대와 내기를 해보려 하오. 한 번도 본 적이 없는 책을 뽑아서 각자 두세 번 정도 훑어본 다음 외워보는 거요. 만약 한 자라도 틀릴 시엔 벌을 받는 내기요, 어떻소?"

나는 그가 늙었다는 것을 기화(이익을 얻을 수 있는 기회)로,

"그렇게 하지요."

라고 대답했다. 그러고는 곧바로 서가 위에서 《주례周禮》(예법에 관한 유교 경전)를 뽑아들었다. 민 영감은 〈고공기考工記〉를 골랐고 나는 〈춘관春官〉을 선택했다. 얼마 지나지 않아 민 영감이 말했다.

"나는 벌써 다 외웠소."

하고는 나를 일깨웠다. 나는 아직 한 번도 제대로 훑어보지 못했기에 깜짝 놀라서 그에게 조금만 더 기다려 달라고 부탁했다. 그러나 그는 나를 채근하면서 나를 곤란하게 만들었다. 그가 그럴수록 나는 더욱더 외우기

가 힘들었다. 그러던 찰나에 졸음이 밀려왔고 나는 그만 잠들고 말았다.

다음 날, 날은 이미 밝아오고 있었다. 나는 민 영감에게 물었다.

"어제 외운 글을 기억하시오?"

그러자 민 영감은 웃으며 말했다.

"나는 처음부터 외우지 않았소."

어느 날, 나는 밤늦게까지 민 영감과 이야기를 나누었다. 민 영감은 함께 있는 손님들에게 농담을 하기도 하고 꾸짖기도 했는데 그들 중 아무도 민 영감을 대적하지 못했다. 그러던 중 손님 한 사람이 민 영감을 난처하게 하기 위해 질문을 던졌다.

"영감님은 귀신을 보셨소?"

"보았지."

"그럼 귀신은 어디에 있소?"

그러자 민 영감은 눈을 부릅뜨고 어딘가를 응시하다가 등잔 뒤에 앉아 있는 한 손님을 향해 외쳤다.

"저기 귀신이 있소."

그러자 그 손님이 화를 내며 민 영감에게 따졌다. 민 영감이 말했다.

"대체로 밝으면 사람이 되고 어두우면 귀신이 되는 법이라오. 당신은 지금 어둠 속에서 얼굴을 숨기고 밝은 곳에 있는 사람을 엿보고 있으니 귀신이 아니고 무엇이란 말이오?"

자리에 앉아 있던 손님들 모두가 웃었다. 그러자 손님이 또 물었다.

"영감님은 신선도 보았소?"

민 영감이 말했다.

"물론 보았지."

"그럼 신선은 어디에 있소?"

"집이 가난한 사람이 곧 신선이오. 부자들은 항상 속세를 그리워하지만 가난한 자들은 늘 속세를 싫어하는 법이니, 속세를 싫어하는 자가 바로 신선인 셈이지."

"영감님은 나이 많은 자도 보셨소?"

"그럼 물론 보았지. 오늘 아침 숲속에 가보니 두꺼비랑 토끼가 서로 제 나이가 많다며 다투고 있질 않겠소. 토끼가 두꺼비에게 '나는 팽조와 동갑이니 너는 나보다 늦게 태어났다.' 라고 말하더군. 그러자 두꺼비는 고개를 숙이고 울기만 했지. 토끼가 몹시 놀라 '왜 그렇게 슬퍼하는 것이냐?' 라고 묻자 두꺼비가 말하길 '나는 동쪽 이웃집에 사는 어린애와 동갑인데 그 아이는 다섯 살이 되자 글을 배우게 되었지. 그 애는 아주 오랜 옛날 천황씨(삼황오제三皇五帝 이전 중국 최초의 왕) 때에 태어나서 섭제격攝提格(고갑자에서, 지지地支의 셋째인 인寅을 이르는 말)으로 왕조의 기년紀年(일정한 기원으로부터 계산한 햇수)을 시작한 이래 수많은 왕대를 거치다가, 주周나라의 왕통이 끊어짐으로써 순수한 역서曆書(《춘추春秋》를 가리킴) 한 권이 이루어졌고, 마침내 진秦나라로 이어졌으며, 한漢과 당唐을 거쳐 아침에는 송宋, 저녁엔 명明나라를 거쳤지. 그러는 동안에 온갖 사변을 다 겪으면서 기뻐하기도 하고 놀라기도 하였으며, 죽은 이를 조문하기도 하고 장례를 치르기도 하면서 지금까지 지루하게 이어져 왔지. 그런데도 오히려 귀와 눈이 밝아지고 이와 머리털이 계속 자라고 있으니 그런 점에서 보면 나이가 많기로는 그 어린애만 한 자가 없겠지. 그런데 팽조는 겨우 800살을 살고 금세 사라졌으니 그가 겪어보지 못한 세상사도 많고 경험한 것도 그리 오래되지 못했을 것이야. 그러니 내가 슬프지 않을 수 있겠나.' 그러자 토끼는 두 번 절하고 뒤로 물러서며 '너는 내 할아버지뻘이다.'라고 하더구먼. 이렇게 보면 글을 많이 읽은 자가 가장 오래 산 사람이 될 걸세."

"그럼 영감님은 가장 훌륭한 맛도 보셨소?"

"물론이지. 달이 하현下弦(음력 매달 22~23일에 나타나는 달의 형태)이 되어 조수潮水(달, 태양 따위의 인력에 의하여 주기적으로 높아졌다 낮아졌다 하는 바닷물)가 빠지고 갯벌이 드러나면 그 땅을 갈아 염전을 만들고 소금 흙을 굽는데, 알갱이가 거친 것은 수정염이 되고 고운 것은 소금염이 된다네. 모든 맛의 조화를 이루는 소금이

없이 무슨 맛을 낼 수 있겠는가?"

좌중의 사람들이 모두 말하기를,

"참으로 좋은 말입니다. 그러나 불사약은 영감님도 못 보았겠죠?"

민 영감이 웃으며 말했다.

"그것이야말로 아침저녁으로 내가 늘 먹는 것인데 어찌 모르겠는가. 깊은 골짜기 굽은 소나무에서 달콤한 이슬이 떨어져 땅속으로 스며들어 천 년이 지나면 복령(버섯의 한 종류)이 되지. 인삼은 영남에서 나는 것이 으뜸인데 모양이 단정하고 붉은 빛이 돌며 사지를 다 갖추고 동자처럼 쌍상투를 틀고 있지. 구기자는 천 년이 되면 사람을 보고 짖는다 하네. 내 일찍이 이 세 가지 약을 먹은 후 백 일 동안이나 아무것도 먹지 않은 채 지냈더니 숨이 가쁘고 죽을 지경에 이르렀는데, 이웃집 할머니가 찾아와 나를 보고는 탄식하며 하는 말이 '자네의 병은 굶어서 생긴 것이야. 옛날 신농씨(농사짓는 법을 처음 가르친 인물)가 온갖 풀을 맛보고 비로소 오곡(쌀,

보리, 콩, 조, 기장)을 뿌렸으니 병을 고치려면 약을 쓰고 허기를 고치려면 밥이 제일이지. 그러니 이 병은 오곡이 아니면 소용없다네.'

그래서 나는 쌀로 밥을 지어 먹고 목숨을 건졌지. 그러니 불사약치고 밥보다 더 좋은 건 없네. 나는 아침에 밥 한 그릇, 저녁에 밥 한 그릇을 먹고 벌써 일흔 넘게 살고 있다네."

민 영감은 항상 말을 길게 늘어놓았지만 모두 이치에 맞는 이야기였다. 게다가 풍자까지 섞여 있으니 가히 변사(말을 잘하는 사람)라 이를 만하였다.

그 손님도 이제는 더 이상 물어볼 말이 없는지 별안간 화를 내며 물었다.

"그럼 영감님은 두려운 게 있소"

그러자 민 영감은 한참을 가만히 있다가 큰 목소리로 말했다.

"이 세상에 나 자신보다 두려운 것은 없다네. 내 오른쪽 눈은 용이고 왼쪽 눈은 범이라네. 게다가 혀 밑에는

도끼가 들어 있고, 팔은 굽어 활처럼 생겼으니, 깊이 잘 생각하면 갓난아기처럼 순수한 마음을 보존할 수 있지만 생각이 조금만 어긋나도 되놈이 되고 만다네. 이를 스스로 경계하지 못한다면 장차 자신을 잡아먹거나 물어뜯고 망쳐버릴 수도 있는 것이야. 옛 성인의 말씀 중에 '자신의 사욕을 극복하여 예로 돌아간다.[극기복례克己復禮(《논어》에 나오는 말)]'고 하고 또 '사악함을 막고 참된 마음을 지닌다.[폐사존성閉邪存誠(《주역》에 나오는 말)]'고 하였으니, 나는 나 자신을 두려워하지 않은 적이 없다네."

민 영감은 한 번에 여러 질문을 받았으나 그의 대답은 메아리처럼 빨라서 아무도 그를 대적하지 못했다. 그는 스스로를 자랑하기도 했고 주변 사람을 놀리기도 했다. 모두들 허리를 잡고 웃었지만 민 영감은 낯빛 하나 변하지 않았다.

그때 어떤 손님이 말했다.

"지금 해서(황해도) 지방에 황충(농사에 해를 끼치는 벌레)이 생겨 관청에서 백성들을 단속하며 그것을 잡으라고 한답니다."

그러자 민 영감이 물었다.

"황충을 잡아서 무얼 하느냐?"

그가 말했다.

"이 벌레는 크기가 첫잠 잔 누에보다도 작고 빛깔은 알록달록하며 털이 있지요. 이게 날아다니면 명(버멸구)이라 하고 벼에 붙으면 모(해충)라고 하는데, 벼농사를 완전히 망쳐버린답니다. 그래서 잡아다가 땅속에 파묻을 작정이지요."

민 영감이 말했다.

"그깟 조그만 벌레가 무슨 걱정이겠는가. 내 보기엔 저 종로 네거리에 잔뜩 오고 가는 것들이 죄다 황충일세. 길이는 모두 일곱 척 남짓이고, 머리는 검으며 눈에선 빛이 나고 입은 주먹이 드나들 만큼 크지. 그러면서도 웅얼웅얼 무어라 지껄이며 꾸부정한 모습으로 줄줄이 몰려다니는 그놈들이야말로 농사를 망치고 곡식을

해치는 것들이지. 그래서 내가 그놈들을 한꺼번에 다 잡고 싶은데 그렇게 큰 바가지가 없는 게 아쉽구려."

그러자 그곳에 있던 사람들은 마치 그런 벌레가 실제로 있는 것처럼 몹시 두려워했다.

그러던 어느 날, 민 영감이 오고 있기에 나는 멀찍이 바라보다가 은어로 '춘첩자방제春帖子尨嗁'라는 글귀를 써서 보였다.

그러자 민 영감은 웃으며 말했다.

"춘첩자란 문門에다 붙이는 글文이니 바로 나의 성인 민閔을 말하는 것일 테고, 방尨이란 늙은 개를 일컫는 것이니 이는 나를 욕하는 것이구먼. 그 개가 울면嗁 듣기가 싫은데, 이 또한 내 이가 빠져서 말소리가 분명치 않은 걸 비꼰 것이로군. 아무리 그렇다 해도 그대가 늙은 개尨를 두려워한다면 견犭을 떼어버리면 될 테고, 또 우는 소리가 듣기 싫으면 그 입口을 막아버리면 그만 아닌가. 무릇 제帝란 조화를 부리고 방尨은 큰 물건을 가리키니, 제帝 자에 방尨 자를 붙이면 조화를 일으켜 큰 물건이 되니 바로 용[龍]이라네. 그렇다면 결과적으로 그대는 나를 모욕한 게 아니라 도리어 나를 칭찬한 것이 되어버렸구먼."

그 다음 해에 민 영감은 세상을 떠났다. 민 영감이 비록 지나치게 엉뚱하고 어디에도 얽매이지 않고 거침없이 살았지만 천성이 곧고 깨끗했으며 어질었다. 《주역》에 밝고 노자의 글을 좋아했으며 그가 보지 않은 책이란 없었다 한다. 그의 두 아들이 모두 무과에 올랐으나 아직 벼슬은 하지 못했다.

올해 가을, 내 병은 더욱 깊어졌고 다시는 민 영감을 만날 수 없게 되었다. 그리하여 나는 그와 함께 나누었던 은어와 해학과 담론과 풍자 등을 기록하여 이 〈민옹전〉을 쓴다. 때는 정축년(1757년, 영조 33년) 가을이다.

나는 민 영감의 죽음을 애도하기 위해 추도문을 지었는데 다음과 같다.

아아, 민 영감이시여!

괴상하고 기이하며 놀랍고도 어이가 없소.

기쁘고도 노여우며 또한 얄밉구려.

저 바람벽의 까마귀 결국 새매가 되지 못하였듯이

영감은 뜻을 지닌 선비였건만

마침내 늙어 죽을 때까지 뜻을 펴지 못했구려.

내 그대를 위해 전傳을 지으니

아아, 그대는 죽어도 죽지 않은 것이오.

우상전
虞裳傳

우

상

전

———

 일본 관백關白(천황을 대신하여

섭정한다는 뜻으로, 막부의 최고 실력자인 쇼군을 가리킴)이

새롭게 정권을 잡았을 때였다. 그는 저축을 늘리고 건

물을 수리하며 선박을 정리했으며, 속국의 모든 섬들에

서 기이한 재주와 기술을 가진 자, 검술에 능한 자, 서

화나 문학에 재주가 있는 자들을 불러들여 수년간 훈련

을 시켰다. 그 후, 그는 우리나라에 사신을 파견해 달라

고 청했는데 마치 상국上國(작은 나라로부터 조공을 받는

큰 나라)의 조명詔命(임금의 명령을 백성들에게 널리 알리기

위해 적은 문서)을 기다리듯 공손했다.

그리하여 우리 조정에서는 문관 중에 3품 이하를 골라 삼사三使(상사, 부사, 서장관)를 갖추어 보냈다. 사신을 보좌하는 이들도 다들 문장이 뛰어나고 박식한 자들이었다. 천문, 지리, 산수, 점술, 의술, 관상, 무예에 능한 자들로부터 거문고 잘 켜는 자, 해학에 능한 자, 노래 잘 부르는 자, 술 잘 마시는 자, 장기나 바둑을 잘 두는 자, 말타기와 활쏘기를 잘하는 자들까지 기술 하나로 나라 안에서 이름난 자들은 모두 보냈다. 그러나 일본인들은 이중에서도 문장과 서화를 가장 중시하였다. 왜냐하면 그들은 조선 사람의 작품 중에 한 글자만 얻어도 양식을 지니지 않고도 천 리 길을 갈 수 있기 때문이었다.

사신들이 머물게 된 곳은 푸른 구리 기와로 지붕을 얹었고 감문석으로 층계를 만들었다. 기둥과 난간은 붉은색으로 칠하였고, 휘장은 화제주火齊珠(보석의 일종으로 청색, 홍색, 황색 등 빛깔이 다양함), 말갈아靺鞨芽(보석

의 일종으로 붉은빛을 띰, 홍마노紅瑪瑙), 슬슬瑟瑟(보석의 일종으로 푸른빛을 띰, 녹주綠珠) 등의 구슬로 장식했다. 식기도 금과 은으로 꾸며 사치스럽고도 화려했다. 또한 천 리를 가는 동안 그 길목에 기묘한 볼거리들을 제공하였으며, 심지어 하찮은 백정(소를 잡는 사람)이나 역부(역졸)까지도 평상에 걸터앉아서 비자나무로 만든 통에 발을 담그게 하고 꽃무늬 저고리를 입은 왜놈 아이종에게 발을 씻어주게 하였다.

허영심에 가득 찬 그들의 모습은 이러하였다. 우리나라 역관(통역관)이 호랑이 가죽이나 족제비 가죽, 인삼 같은 금지된 물건을 가져다 몰래 아름다운 구슬이나 보배로운 칼로 바꾸려 한다든가 아니면 장사꾼들이 이익을 위해 목숨을 걸고 재물을 탐낼 때면, 그들은 겉으로는 존경하는 척하면서도 다시는 선비 대접을 해주지 않았다.

그 가운데 우상이라는 자가 중국어 역관으로 따라갔으니, 그는 문장으로 일본에 크게 이름이 난 사람이었다. 그리하여 일본의 이름난 승려나 귀족들은 모두 그를 칭찬하며 말하였다.

"운아雲我선생이야말로 둘도 없는 국사라오."

오사카 동쪽에는 승려들이 기생처럼 많았고 사찰들은 여관처럼 늘어서 있었는데, 마치 도박에 돈을 걸듯 우상에게 시와 문장을 지어달라고 재촉하였다. 그러면서 그들은 우상에게 무늬 박힌 종이나 시를 적는 두루마리를 다투어 바쳤기에 그것들이 평상과 책상에 가득 쌓였다.

그들은 대체로 어려운 주제나 운자를 불러 그를 곤란하게 만들려고 하였으나 우상은 언제나 즉석에서 읊조리며 마치 진즉에 지어 놓은 것을 외우듯 하였으며, 운을 맞추는 것도 모두 평탄하고 여유로웠다. 그는 모든 것이 다 끝날 때까지 지친 기색이 없었으며, 볼품없는 글귀를 보이지도 않았다.

그가 지은 〈해람편海覽篇〉을 살펴보면 다음과 같다.

이 땅덩이 안에 수많은 나라들이
별과 바둑처럼 널려 있어
월나라에서는 머리에 상투를 틀고
인도에서는 머리를 박박 깎는다네
제齊와 노魯에서는 겨드랑이를 합쳐 꿰맨 옷을 입고
호胡와 맥貊에서는 털옷 입어
깨끗하고 아담한 그 차림
요란스러운 소리
그들 모두 끼리끼리 나뉘고 모여
온 누리에 가득하여라

일본의 나라는
파도가 출렁이며 넘실대는 곳
숲속엔 뽕나무 가득하고 해가 솟는 곳
여인네들은 무늬 비단에 수를 놓고
땅에선 귤과 유자 나는 곳
고기 중에 괴이한 건 낙지요

나무 중에 기이한 건 소철이라네

진산은 방전芳甸(방초 무성한 들판)이며
구진句陳이 그 별이라네
남과 북이 봄, 가을 다르고
동과 서는 밤낮도 다른 산
한가운데는 대야처럼 솟아 있고
꼭대기는 오래된 눈이 쌓여 있네

그늘로 소 떼를 뒤덮는 큰 나무와
까치가 쪼아 만든 옥돌
단사丹砂와 금, 주석 모두
산에서 나온다네
오사카는 큰 도회지라
온갖 보물 다 갖추고 있다네

기이한 향내 나는 용연향을 피우고

160 호질 양반전

보석은 아골석(슬슬과 비슷한 청록색 보석)을 쌓아 놓
았네
상아는 코끼리 입에서 뽑고
무소의 뿔은 머리 위에서 잘라내었네
페르시아 상인들도 눈이 휘둥그레지고
절강의 큰 시장도 무색해졌네

사방이 바다로 둘러싸이고 육지에 또 바다가 있어
천하의 온갖 물건이 살아서 꿈틀거리네
후어(참게)의 잔등엔 배가 떠 있고
추어의 꼬리엔 깃발이 나부끼네
굴은 벌집처럼 엉켜 있는데
굴 더미 거북이 등에 지고 소굴에서 쉬네

문득 산호 바다로 변해 버렸나
불길이 타오르는 듯하고
다시 푸른 바다로 변하니

노을이 비치어 구름이 빛나네
또다시 수은 바다로 변하니
수많은 별이 흩뿌려지고
갑자기 온 세상을 물들여
비단 천 필이 찬란하게 펼쳐졌네

큰 용광로로 문득 변하니
오색 금빛을 뿜어내고
하늘을 가르며 힘차게 용이 날아오르니
온갖 번개와 천둥이 울리네
머리카락 늘어진 마갑주馬甲柱(조개)는
기이한 모습으로 홀리고
백성들은 알몸에 갓을 썼는데
독하게 쏘아대니 속이 전갈 같구나

일 생길 땐 죽 끓듯 요란하다가
남 해칠 땐 쥐처럼 교활하구나

이문을 탐낼 땐 물여우가 독을 쏘듯

조금만 거슬려도 돼지처럼 싸우네

계집들은 남자에게 농담하며 웃어대고

아이들은 잔꾀를 부리며

조상은 등지면서 귀신에 혹하고

살생을 즐기면서 부처를 섬기네

글씨는 새 발자국 같고

말소리는 때까치 울음소리나 다를 바 없네

남녀 간은 사슴처럼 문란하고

또래끼리는 물고기처럼 몰려다니며

씨부려 대는 소리는 새가 지저귀는 것 같아서

통역하는 나 자신도 알지 못한다네

초목이 모두 기괴하니

나함羅含(진나라의 문인)조차 책을 불사를 지경이고

온갖 물줄기 모여드니

역생(북위北魏 때의 지리학자인 역도원)조차 진디등에

같아라

　요사스러운 물고기들은

　사급思及(중국에서 활동한 최초의 예수회 선교사 알레니)

조차 도설(그림을 넣어서 설명한 책)을 덮게 하고

　도검刀劍에 새겨진 꽃무늬와 글자들은

　정백貞伯(도홍경의 시호, 《고금도검록古今刀劍錄》을 저술

함)이 속편을 다시 지어야 하리

　지구가 둥글다는 것이 옳고 그른지

　바다 섬들의 등급에 관해서는

　서양의 이마두(선교사 마테오리치)가

　치밀하고 명쾌하게 밝혀 놓았네

　하찮은 내가 이 시를 지으니

　말은 속될망정 그 뜻은 진실하여라

　이웃을 사귐에 큰 전략이 있으니

　부디 평화를 잃지 마오

　우상이야말로 '나라의 명예를 빛낸 자'가 아니겠는

가. 신종神宗 만력萬曆 임진년(1592년)에 왜적 풍신수길이 군사를 이끌고 몰래 우리나라에 들어와 우리의 삼도(경주, 한양, 평양)를 짓밟고 우리 동포들의 코를 베어 욕보이게 하였으며, 그들의 철쭉과 동백을 우리 삼한 땅에 옮겨 심었다. 우리 소경왕(조선 선조의 시호)께서는 의주로 피난을 가셔서 명나라 황제께 말씀드리니, 황제께서도 크게 놀라시어 천하의 군대를 징발하여 동쪽에 파병하였다. 대장군 이여송과 제독 진린, 마귀, 유정, 양원 등은 모두 옛 명장의 기풍이 있었으며, 어사 양호, 만세덕, 형개 등은 문무의 재주를 겸비하여 그 전략이 귀신을 놀라게 할 만했다. 또한 그들의 군사는 모두 진봉, 섬서, 절강, 운남, 등주, 귀주, 내주 등의 고을에서 선발한 말타기, 활쏘기에 능한 자들이었으며, 대장군의 가동(집에서 심부름하는 아이) 천여 명과 유주와 계주의 검객들도 있었다. 그러나 왜와 우리의 군사력이 비슷했기에 가까스로 왜적을 우리 국경에서 몰아냈을 뿐이었다.

그 뒤 수백 년간 사신들의 행차가 수차례 에도[江戶]

에 이르렀다. 그러나 그들은 체면을 차리며 자신의 임무만 엄격히 수행하였기에 그들의 민요, 인물, 요새, 강약強弱의 정세에 대해서는 털끝만큼도 살피지 못한 채 결국 빈손으로 돌아오고야 말았다.

그런데 우상은 힘으로는 부드러운 붓끝 하나도 이기지 못할 정도였지만 그 나라의 정수가 될 만한 뛰어난 부분을 붓끝으로 남김없이 빨아들여 섬나라 만리의 도성에 있는 나무를 죽이고 시냇물을 마르게 하였다. 그야말로 '붓끝으로 산천을 뽑았다.'고 해도 지나친 말은 아닐 것이다.

우상의 이름은 상조湘藻(이언진이 스스로 지은 이름)이다. 그는 일찍이 자기의 초상화에다 다음과 같이 썼다.

공봉백(당唐 시인 이백)과 업후필(당唐 문장가 이필)이
철괴(중국 전설상의 팔선八仙 중 하나인 이철괴)와 합쳐
창기滄起가 되니
옛 시인詩人과 옛 선인仙人

옛 산인山人이 모두 이李 씨구나

이李는 그의 성이요, 창기滄起는 그의 또 다른 호이다. 무릇 선비는 자기를 알아주는 이에게는 뜻을 펼 수 있으나 자기를 알아주지 않는 이에게는 뜻을 펴지 못하는 법이다. 해오라기와 비오리는 새들 가운데서도 하찮은 존재지만 그럼에도 자신의 날개와 깃털을 사랑하여 물 위에 그림자를 비춰보고 서서 주위를 한 번 맴돌다 내려앉거늘, 사람의 문장이 어찌 저 새의 날개나 깃털의 아름다움에 비하겠는가.

옛날 한밤중에 경경(형가)이 검술을 논하자 합섭이 눈을 부릅뜨며 나가게 하였고, 고점리가 축筑을 연주하자 형가는 노래로 화답했다. 그런 뒤에 마치 곁에 아무도 없는 듯 서로 붙들고 운 일이 있었다. 대체로 그 기쁨이 극에 달했겠지만 더 나아가 울기까지 한 까닭은 무엇일까? 감정이 고조되어 그 슬픔이 어디서 오는지를 알 수 없기에 비록 그에게 물어본다 해도 그 사람 역시 그때 자신의 마음이 무슨 마음이었는지를 알지 못할 것이다.

사람이 문장으로써 서로 높이고 낮추는 것이 어찌 저 구구한 검객의 한 기예 정도에 견줄 수 있단 말인가. 우상 역시 때를 제대로 만나지 못한 사람이었을까? 그의 문장은 어찌 그리도 슬픔이 많단 말인가? 그의 시에,

닭의 머리 위 벼슬은 갓처럼 높다랗고
소의 늘어진 멱미레는 전대처럼 벌름거리네
이것이야 늘 집 안에서 보던 것이니 새삼 기이할 것도 없지만
몹시 놀랍고 괴이한 것은 낙타의 우뚝 솟은 등이라네

우상 역시 자신의 문장이 비범하다는 것을 일찍이 알고 있었다. 그의 병이 점점 더 깊어지며 죽음이 가까워지자 그는 자신의 원고를 모두 꺼내 불태워버리며,
"그 누가 이것을 다시 알아주겠는가."

라고 하였으니 그의 뜻이 어찌 슬프지 않겠는가.

공자께서 말씀하시기를,

"재주를 얻기가 어렵다 하니 어찌 그렇지 않겠느냐."

라고 하였고 또,

"관중의 그릇이 참으로 작구나."

라고 말씀하시니, 자공이 공자께 여쭈었다.

"그럼 저는 어떤 그릇입니까?"

공자께서 말씀하셨다.

"너는 호련(종묘에서 기장과 피서직黍稷를 담는데 쓰는 그릇)이다."

이는 자공의 재주를 칭찬하면서도 작게 여긴 것이다. 그러므로 비유를 한다면 덕은 그릇이요, 재주는 그 속에 담기는 물건인 것이다. 《시경》에 이르기를 '아름다운 옥잔이여, 누런 술이 차 있구나.' 라고 하였고 《주역》에서도 '세발솥의 발이 부러지니 그 음식이 엎어지네.' 라고 하였다. 덕만 있고 재주가 없다면 덕은 빈 그릇이나 마찬가지며, 반면에 재주만 있고 덕이 없다면 재주를 담을 곳이 없을 뿐만 아니라 얕은 그릇은 쉽게 넘치는 법이다.

사람이 천지天地와 나란히 서니 삼재三才(하늘, 땅, 사람)가 된다. 그러므로 귀신은 재才에 속하며 천지는 커다란 그릇이 아니겠는가. 또한 지극히 깔끔한 자에게는 복이 붙을 곳이 없으며, 대체로 남의 정상情狀(있는 그대로의 사정과 형편)을 잘 꿰뚫어보는 자에게는 사람이 붙지를 않는 법이다.

문장은 천하의 가장 귀한 보물로서 조화의 기틀을 발견하게 한다. 그리고 형체도 없는 곳을 더듬어 숨은 진리를 찾아내어 천지 음양의 비밀을 누설하니 귀신이 원망하고 성낼 것은 빤한 일이다. 무릇 재목材 중에 좋은 감才이 있으면 사람은 베어갈 생각을 하고, 재물貝 중에 좋은 감才이 있으면 사람이 빼앗으려고 한다. 그러므로 재목 재材 자와 재물 재財 자 속에 있는 '재才' 자의 글자 모양이 밖으로 삐치지 않고 안으로 삐치는 것이다.

우상은 일개 통역관인 만큼 나라 안에서는 그의 명예가 드높지 않았고, 사대부들도 그의 얼굴을 알지 못했다. 그러나 하루아침에 그의 이름이 해외 만리 먼 나라까지 알려지며 그는 몸소 곤어(북쪽 대해大海에 산다는 큰물고기)와 고래와 용과 악어의 소굴까지 뒤졌으며, 솜씨는 햇빛과 달빛으로 씻은 듯 환히 빛났고, 기개는 무지개와 신기루에 닿을 듯이 뻗쳤다. 그러므로 '재물을 소홀히 간직하는 것은 훔쳐가라고 가르쳐주는 것과 다르지 않다.'고 한 것이며 '물고기는 물을 떠나서는 살 수 없으니 이기利器를 남에게 보여주면 안 된다.'고 한 것이다. 어찌 경계하지 않을 수 있겠는가.

그는 승본해勝本海를 지나며 다음의 시를 지었다.

맨발의 왜놈 사내들은 도깨비 형상을 하고
오리빛 윗도리의 등에는 별과 달을 그렸구나
계집애는 색동저고리 입고서 문 밖으로 달려 나가는데
빗다 만 머리는 머리카락이 뭉쳐 있구나

어미의 젖을 먹던 아이가 칭얼대다가
손으로 등을 토닥이니 울음소리 잦아드네

이윽고 북을 치며 관인(우리나라 사신)이 들어오니
수많은 이들이 둘러싸고 마치 산부처인 양 여기네
왜놈 관리 무릎 꿇고 절하며 귀한 보물 올리는데
산호와 대패大貝(가장 큰 바닷조개의 일종)를 소반에 받
쳐 내오는구나
마주 앉아 있어도 주인과 손님은 피차가 벙어리라
눈치로 말을 알아듣고 붓끝으로 혀를 놀리네
왜놈의 마을에도 정원 취미가 있었으니
종려와 파란 귤을 뜰에 가득 심었구나

그는 배 안에서 치질을 앓으며 매남노사(이용휴를 가
리킴)의 말을 떠올리며 다음의 시를 지었다.

공자의 유교와 석가모니의 불교는

각각 경세經世와 출세出世로서 해라면 달이라네

서양 사람들이 오인도(고대 인도를 다섯으로 나눈 것)에 가보니

과거에도 현재에도 부처 하나 없었네

유가에도 장사치가 있기는 마찬가지

붓끝과 혀를 놀리며 괴이한 말을 퍼뜨려

머리털 풀어헤치고 뿔 달린 채로 지옥에 떨어진다 하니

이 몸이 죽은 것은 살아생전에 남을 속인 까닭이라네

독살스런 그 불꽃은 진단(고대 인도에서 중국을 일컫던 말)의 동쪽(일본을 가리킴)까지 미쳤고

절들이 나날이 늘어 도회지와 시골에 늘어서 있네

섬나라의 어리석은 백성들은 화복이 두려워

향 태우고 공양하느라 여념이 없네

비유컨대 제 자식이 남의 자식 망쳐 놓고

들어와 섬긴다면 어느 부모가 기뻐하겠는가

육경(춘추시대 경서로서 《시경》, 《서경》, 《역경》, 《춘추》,
《예기》, 《악기》를 이름)이 하늘에서 찬란하게 빛나는데
    이 나라 사람들은 까막눈이니 어찌하리
    해 뜨고 지는 것의 이치가 무엇이 다르리
    따르면 성인 되고 어기면 악인 되네
    스승님 주신 말씀 사람들에게 전하고자
    시를 지어 목탁을 대신하네

    우상의 이러한 시들은 모두 세상에 전할 만한 작품이
다. 나중에 그가 지나왔던 곳을 다시 들르니 그의 시가
벌써 출간되었다고 한다.
    나는 우상과는 생전에 친분이 없었으나, 그는 다른
사람을 통해 자주 자신의 시를 나에게 보여주며 하는
말이,
    "오직 이 사람만이 나를 알아줄 것이다."
라고 했다기에 나는 시를 전해 준 이에게 농담조로,
    "이건 오농(화려하고 세련됨을 추구하는 오몽나라 사람)

의 간드러지는 말투야. 너무 자질구레해서 보잘 것이
없군."

라고 하였다. 그러자 우상이 노하여 말했다.

"촌놈이 남의 약을 올리는군!"

그러고 나서 그는 한숨을 짓더니 두어 줄기의 눈물을
흘리며 말하기를,

"내 어찌 이 세상에서 오래 버틸 수 있겠나."

나 역시 이 말을 듣고 슬퍼하였다. 그 후 얼마 지나지
않아 우상은 세상을 떠났다. 그때 그의 나이는 스물일
곱이었다. 그의 집사람이 꿈을 꾸었는데, 꿈속에서 술
취한 한 신선이 푸른 고래를 타고 가는데 검은 구름이
드리운 곳에서 우상이 머리털을 풀어헤치고 그 뒤를 따
라가는 것을 보았다고 한다. 그런 얼마 후에 우상이 죽
었다고 하였다. 또 어떤 이는 우상이 신선이 되었다고
도 하였다.

아아, 슬프다. 내 일찍이 마음속으로 혼자 그의 재주
를 사랑했다. 그러나 보잘것없다는 한 마디로 그의 기

운을 꺾어버렸다. 나는 내심 우상은 젊으니 성실하게 글을 쓰면 이 세상에 전할 수 있으리라고 생각했던 것이다. 그러나 이제와 생각해 보니 우상은 분명 내가 자기를 좋아하지 않는다고 생각했을 것이다.

어떤 이(이용휴를 가리키나 연암과 당파 관계가 있었기에 이름을 밝히지 않음)는 그를 위해 만가(죽은 이를 애도하며 지은 글)를 지어 노래하였다.

알록달록한 기이한 새가
지붕 꼭대기에 모여들어
뭇사람들 달려와 구경하니
놀라 일어나 홀연 자취를 감추었네

두 번째 노래는 이러하다.

까닭 없이 돈이 생기면
그 집엔 기필코 재앙이 생기는 법이니

하물며 이 희귀한 보물을
어찌 오래 빌릴 수 있겠는가

세 번째는 이러하다.

한낱 하찮은 지아비도
죽고 나면 사람 수가 줄어들거늘
빗방울처럼 많은 사람이 있건만
이 사람의 죽음은 참으로 애달프도다

그는 또 이렇게 노래하였다.

그의 쓸개는 둥근 박처럼 크고
그의 눈매는 달처럼 밝고
그의 팔뚝에선 귀신이 놀고
그의 붓끝에는 혀가 달렸네

그는 또 이렇게 노래하였다.

남들은 아들로서 대를 잇건만
우상은 그렇지 않았노라
혈기는 때때로 끊어지건만
드높은 그 이름은 끝이 없어라

나는 한 번도 우상을 만나보지 못한 것이 늘 한스러
웠다. 또한 그의 작품은 모두 불살라버려 남아 있는 것
이 없으니, 이 세상에 그를 알아줄 이는 더욱 없을 것이
다. 그리하여 상자 속에 간직했던 것을 모두 털어내, 일
전에 그가 내게 보여준 시 두어 편을 겨우 찾아냈다. 이
렇게 그의 문장을 빠짐없이 모두 써서 이 〈우상전〉을
짓는다.

하룻밤에
아홉 번
강물을 건너다
[一夜九渡河記]

하룻밤에 아홉 번 강물을 건너다

물이 두 산 틈에서 나와 바위와 부딪쳐 싸우면서, 그 놀란 파도와 성난 물결, 우는 듯한 여울과 노여워하는 물보라, 구슬픈 곡조가 소용돌이치면서 포효하며, 늘 만리장성을 무너뜨릴 기세이다. 전차 만 승乘과 전투기병대 만 대隊, 전투대포 만 가架와 전투북 만 좌座로도 무너뜨리고 뿜어내는 저 소리를 가히 형용할 수 없을 것이다.

모래 위에 큰 바위는 우뚝우뚝 서 있고, 강 언덕의 버드나무숲은 어두컴컴하여 마치 물귀신과 강 귀신이 앞

다투어 나타나 사람을 놀리는 듯하여 이무기가 좌우에서 서로 사람을 잡아채려고 애쓰는 것 같다. 어떤 이는 말하기를,

"여기는 옛날 전쟁터이므로 강물이 저렇게 소리를 내며 우는 것이다."

그러나 그것은 사실이 아니다. 대체로 강물 소리란 듣는 이의 태도에 따라 다르게 들리는 법이다.

산중의 내가 사는 집(황해도 연암골) 앞에 큰 시내가 있다. 매년 여름철이 되어 큰비가 한 차례 지나가면 시냇물이 갑자기 불어서 언제나 수레 소리와 말 달리는 소리, 대포 소리와 북소리를 듣게 되어 귀가 아플 정도이다. 한 번은 내가 문을 닫고 누워 소리의 종류를 비교해 보았다.

우거진 솔숲에서 솔바람이 부는 것처럼 들리는 소리는 듣는 이가 청아하기 때문이요, 산이 갈라지고 절벽이 무너지는 것 같은 소리로 들리는 것은 듣는 이가 분노한 마음을 지닌 탓이다. 개구리가 다투어 우는 것 같

은 소리로 들리는 것은 듣는 이가 오만하고 방자한 마음으로 들은 탓이요, 대피리가 수없이 우는 것 같은 소리로 들리는 것은 듣는 이가 노한 탓이요, 천둥 번개가 치듯 들리는 것은 듣는 이가 놀란 마음으로 들은 탓이다. 약하거나 센 불에서 찻물이 끓는 듯한 소리로 들리는 것은 듣는 이의 취미가 고상한 탓이요, 거문고가 장단을 맞추는 듯 들리는 것은 듣는 이가 슬픈 마음으로 들은 탓이요, 종이 창문이 바람에 떨리는 듯한 소리로 들리는 것은 듣는 이가 의심하는 마음으로 들은 탓이다. 이는 모두 바르게 듣지 못했기 때문이며, 이미 마음속에 어떤 소리라고 정해 놓고 들었기 때문에 그렇게 들리는 것이다.

오늘 나는 한밤중에 한 강물을 아홉 번이나 건넜다. 강물은 변방에서 흘러나와 장성을 뚫고 유하와 조하, 황화와 진천 등 여러 강물과 합쳐져 밀운성 아래를 지나 백하가 되었다. 나는 어제 배를 타고 백하를 건넜는데 그곳은 하류였다. 내가 아직 요동에 들어서지 못했을 때는 한여름이 시작된 터라, 뜨거운 볕 아래를 걸어가는데 돌연 큰 강이 앞에 나타났다. 붉은 물이 산처럼 밀려와 그 끝이 보이지 않았는데, 이럴 때는 대개 천 리 밖에서 폭우가 쏟아졌기 때문이다.

물을 건널 때는 사람들이 모두 고개를 뒤로 젖히고 하늘을 쳐다보았는데, 나는 내심 그들이 하늘에 조용히 기도를 올리는 것이라 생각했다. 나중에 알게 된 사실이지만 물을 건너는 사람들이 빠르게 빙빙 돌아가는 물살을 보면, 마치 자기 몸이 물을 거슬러 올라가는 것 같고, 눈은 강물과 함께 따라 떠내려가는 것 같아서 갑자기 현기증이 생기면서 물에 빠질 수 있기 때문이라는 것이다. 그러므로 그들이 고개를 젖히고 하늘을 우러러보는 까닭은 하늘에 기도를 올리는 것이 아니라, 물을 피하여 보지 않기 위해서이다. 한시가 급한데 어느 겨를에 목숨을 위해 기도를 드릴 수 있겠는가. 이렇듯 위험하다 보니 물소리도 듣지 못하고 모두 말하기를,

"요동 벌판은 넓고 평평하기에 물소리가 크게 들리지

않는다.”

그러나 이것은 물을 잘 모르는 것이다. 요동의 강물이 큰 소리를 내지 않는 것이 아니라 밤에 그곳을 건너 보지 않았기 때문이다. 낮에는 눈으로 물을 볼 수 있으니, 눈은 오로지 위험한 데만 보느라 오히려 눈앞에 보이는 것을 걱정하는 판인데, 무슨 소리가 귀에 다시 들리겠는가. 지금 나는 밤중에 물을 건너기에 눈으로는 위험한 것을 볼 수 없으니, 위험은 오로지 듣는 데만 집중되어 바야흐로 무서워하면서도 걱정을 이기지 못하는 것이다.

나는 이제야 도道를 깨달았도다. 마음이 잡되지 않은 사람은 눈과 귀가 화禍가 되지 않고, 귀와 눈만 믿는 사람일수록 보고 듣는 것이 더욱 선명해져 오히려 그것이 병이 되는 것이다.

오늘 내 마부가 말굽에 발이 밟혀서 뒤따라오는 수레에 실렸다. 그리하여 나는 혼자 말고삐를 늦추며 말을 타고 강으로 들어갔다. 무릎을 구부려 발을 모으고 안장

위에 앉았으니, 자칫 잘못하여 한 번 떨어지면 강바닥으로 곤두박질치는 것이다. 그리하여 나는 강물을 땅이라 생각하고 강물을 옷이라 생각하며, 강물을 몸이라 생각하고 강물을 내 성정性情이라 생각하니 이제 마음속으로는 한 번 떨어져도 괜찮겠다 싶었다. 그렇게 마음을 먹고 나니 내 귓속에 강물 소리가 사라지고, 무릇 아홉 번이나 강을 건너는데도 두려움이 생기지 않아 마치 평소처럼 자리에 앉아 있거나 누워 있는 듯한 느낌이었다.

옛날 우禹 임금이 강물을 건너는데, 황룡이 임금의 배를 등으로 받치는 매우 위험한 일이 벌어졌다. 그러나 마음속에서 이미 죽고 사는 것에 대한 판단이 선명해지니 그에게는 그것이 용이든 도마뱀이든 크든 작든 상관이 없었다.

소리와 빛은 마음의 밖에서 생기는 외물外物이다. 이것은 항상 사람의 귀와 눈에 화를 입혀 사람으로 하여금 똑바로 보고 듣지 못하게 하는 것이다. 더욱이 이 세상을 살아가면서 겪게 되는 험하고 위태로운 일들은 강

물보다 심하니, 보고 듣는 것이 문득 병이 되는 것에 있어서야 오죽하겠는가. 나는 다시 산골짜기로 돌아가 시냇물 소리를 들으면서 이것을 시험해 보겠노라. 그리고 이로써 자신의 처세에만 밝고 스스로 총명하다고 자신하는 이에게 경고하노라.

통곡할
만찬 자리

통곡할 만한 자리

맑게 개었다.

　정사와 가마를 같이 타고 삼류하를 건넌 후 냉정에서
아침을 먹었다. 10리 남짓 가서 산모롱이 하나를 접어
들자 정 진사의 마두인 태복이가 갑자기 몸을 굽히며
말 앞으로 달려 나와 땅에 엎드리며 큰 소리로,
　"백탑이 멀리 보임을 아뢰옵니다."
한다. 그런데 아직 산모롱이에 가려 백탑은 보이지 않
는데 빨리 말을 채찍질하여 수십 보를 채 가지 않고 겨

우 모롱이를 벗어나자, 안광이 어른거리고 별안간 한 덩이의 검은 공 모양이 오르락내리락한다.

내 오늘에야 처음으로 인생이란 원래 아무것도 의탁할 것이 없이 다만 머리에는 하늘을 이고 발로는 땅을 밟은 채 떠돌아다니는 존재인 줄 깨달았다. 말을 세우고 사방을 돌아보다가 나도 알지 못하는 사이에 손을 들어 이마에다 얹고 말했다.

"아, 참 좋은 울음터로다. 정말 한 번 울 만하도다."

그러자 정 진사가 묻는다.

"이렇게 천지간의 커다란 안계眼界를 만나서 갑자기 울고 싶다니, 무슨 말씀인가?"

나는 이렇게 대답했다.

"그래, 나는 그렇네. 천고의 영웅은 잘 울었으며 미인은 눈물이 많다고 하지만, 그들은 소리 없이 몇 줄기의 눈물을 흘렸기 때문에 웃음소리가 천지에 가득 차서 쇠나 돌로부터 나오는 듯한 울음소리는 듣지 못하였네. 사람들이 다만 칠정七情《예기》에서 말한 일곱 가지 감정

즉 희喜, 노怒, 애哀, 구懼, 애愛, 오惡, 욕慾을 말함) 중에서도
슬플 때에만 우는 것인 줄 알지, 칠정 모두가 울 수 있
는 것을 모르는 탓이지. 사실상 사람은 기쁨이 복받치
면 울게 되고, 노여움이 사무치면 울게 되고, 사랑이 그
리워도 울게 되고, 욕심이 지나쳐도 울게 되는 것이요,
불평과 억울함을 푸는데 우는 것보다 더 빠른 것이 없
고, 울음이란 천지간에 있어서 우레 소리와도 같은 것
이라네. 지정至情이 우러나오는 곳에서는 이렇게 되는
것이 자연적으로 이치에 맞는데 울음이 웃음과 뭐가 다
르겠는가. 인생은 보통 감성으론 이러한 극치를 겪지
못하고, 교묘히 칠정을 늘어놓긴 하나 슬픔에는 울음을
배치했으므로, 이것 때문에 상고를 당했을 때는 억지로
'애고, 어이' 등의 소리를 외쳤으나, 참된 칠정에서 우
러나오는 지극하고도 참된 소리는 참고 눌러서 저 천지
사이에 서리고 엉겨서 감히 나타내지 못하네. 그래서
저 가생(한漢의 신진 문학가로 이름은 의인데 나이가 젊어
가생으로 불렀음, 그의 이론이 날카로웠으므로 장사왕의 태부

로 쫓겨났으나 오히려 문제文帝에게 '치안책'이라는 정견을 올려서 시사를 통곡하고 눈물을 흘리며 길게 한숨을 쉴 만하다고 진술함)은 그 울음터를 얻지 못해서 참다못해 별안간 선실(한의 미양궁 전전前殿의 정실淨室, 문제가 가의에게 귀신에 대한 이론을 물었던 곳)을 향해서 길게 울부짖으니, 이 어찌 듣는 사람들이 놀라고 해괴하게 여기지 않았겠는가."

"지금 이 울음터가 저렇게 넓으니 나도 응당 신과 더불어 한 번 실컷 울어야 할 것이나, 우는 이유를 칠정 중에서 고른다면 어느 정에 해당되겠는가."

"저 갓난아기에게 물어보게나. 그가 처음 태어날 때 느낀 정이 무슨 정이냐고. 그는 해와 달을 먼저 보고, 다음으로 부모와 친척들이 많이 모여 있으니 어찌 기쁘지 않겠는가. 이런 기쁨이 늙어서도 변함이 없다면 원래 슬퍼하고 노여워할 까닭도 없고, 마땅히 즐겁게 웃어야 할 정이 있어야 하겠지. 그렇지만 웃지는 않고 도리어 분노와 원한이 가슴에 사무쳐서 줄곧 울부짖기만 하는

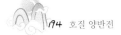

것은 결국 사람은 죽어야만 하고, 또 그때까지 모든 근심과 걱정을 골고루 겪어야 하므로, 그 아기가 태어난 것을 후회해서 저절로 울음을 터뜨리고 스스로를 조상하는 것이 아니겠는가. 그러나 갓난아기 본래의 정이란 결코 그런 것은 아닐 것이네. 아기가 어머니의 태중에 있을 때에는 캄캄하고 막히고 걸려 갑갑하게 지내다가, 갑자기 넓고 또 환한 곳으로 빠져 나와 손을 펴고 발을 펴므로, 그의 마음이 시원할 것인즉 어찌 한 마디 참된 소리로 마음껏 외치지 않겠는가. 우리는 마땅히 갓난아기의 가식 없는 소리를 본받아 저 비로봉 산마루에 올라가서 동해를 바라보며 한바탕 울 만하고, 장연 바닷가의 금모래밭을 거닐면서 한바탕 울 만도 하며, 이제 요동 벌판인 여기서부터 시작하여 산해관까지 1천2백 리 길의 사방에는 한 점의 산도 없이 하늘 끝과 땅이 맞닿은 곳은 아교풀로 붙여 놓은 듯, 실로 꿰매 놓은 듯 고금에 오고가는 비구름만이 가득할 뿐이니, 이 역시 한바탕 울어볼 만한 곳이 아니겠는가."

한낮에는 매우 무더웠다. 말을 달려 고려총의 아미장을 지난 후부터 두 길로 나누어 갔다. 나는 조 주부와 변 군, 내원 및 정 진사와 하인 이학령과 같이 구요양으로 들어섰다. 그 번화하고 장려함이 봉황성보다 열 배나 더했다. 그것에 대해서는 따로 〈요동기〉를 쓰기로 한다.

서문을 나서서 백탑을 구경하였다. 그 모양이 공교하고 화려하며, 웅장함은 가히 드넓은 요동 벌판과 견줄 만하다. 뒤편에 따로 〈백탑기〉를 썼다.

요양성으로 되돌아오니 수레와 말들의 소리가 소란스럽고 곳곳에 구경꾼들이 떼를 지어 몰려 있었다. 술집과 누각의 붉은 난간이 길가에 우뚝 솟아 있고, 금색 글자로 쓴 깃발이 나부낀다. 그 깃발에는,

이름을 들었다면 즉시 말을 세울 것이고
향기를 찾으려면 수레를 잠시 멈추어라

라고 씌어 있었다. 그리하여 나는 술이 마시고 싶어졌다.

　주위에 빙 둘러선 구경꾼들은 점점 더 많아져 서로 어깨를 부딪친다. 일찍이 들은 바로는, 이곳에는 못된 놈들이 많아서 이곳에 처음 온 사람들이 구경하는데 정신이 팔려 자신의 것을 잘 챙기지 않으면 반드시 물건을 잃어버린다고 한다. 지난해 한 사신의 행차에 많은 건달들을 반당(사신과 함께 가는 하인)으로 데려갔는데 아랫사람, 윗사람 수십 명이 모두 초행길이라 의복이나 말안장 같은 것들이 꽤 화려했다. 그러나 이곳에 도착하여 유람을 하는 사이에 안장을 잃어버리고, 등자(발걸이)를 잃어버려 낭패를 보았다고 한다.

　장복이 갑자기 안장을 머리에 쓰고, 등자 한 쌍을 허리에 차고는 앞에 모시고 서 있는데 조금도 부끄러워하는 기색이 없었다. 그리하여 내가 웃으며,

　"왜 네 두 눈은 가리지 않느냐?"

하고 나무랐더니 보는 이들이 모두 크게 웃었다.

다시 태자하에 이르렀다. 강물이 크게 불어났고 또한 배가 없어서 건너갈 수가 없었다. 강기슭을 따라 위아래로 오르내리며 서성이고 있으니, 갈대숲에서 콩깍지만 한 고깃배가 나오고, 또 작은 배 하나가 강가에서 희미하게 보였다. 장복과 태복을 시켜 소리를 지르게 하여 배를 불렀다.

어부 두 사람이 뱃머리 양쪽에 마주 앉아 낚싯대를 드리우고 있었다. 버드나무 그늘이 짙게 드리워지고 석양의 노을은 금빛으로 물들었다. 잠자리는 물에 점을 찍으며 놀고, 제비는 물결을 차고 날아올랐다. 그러나 그들은 아무리 불러도 돌아보지 않는다. 그렇게 한참을 물가 모래밭에 서 있자, 푹푹 찌는 더위에 입술이 타고 이마에 땀이 흐르며 허기가 졌다. 평생 놀면서 구경하는 것을 즐기다가 오늘에야 그 값을 된통 치르는 듯싶었다.

정 진사 등 여럿이 농담으로,

"해는 저물고 갈 길은 먼데 아랫사람, 윗사람들 모두

가 배고프고 피곤하니 한바탕 우는 것 말고는 아무런 대책이 없네그려. 그대는 어째서 참고 억누르며 울지 않으시는가?"

하고는 서로들 크게 웃는다. 나는,

"저 어부가 남을 구해 주려고 하지 않으니 그 심보를 알겠네. 내 비록 육노망(당나라의 문인) 같은 점잖은 사람이지만 주먹 한 대 날려 쓰러뜨리고 싶구먼."

라고 하였다. 태복이 더욱 초조해하면서,

"이제 해가 거의 다 저물고 있으니, 산이 있는 곳은 벌써 어두워졌을 겁니다."

라고 하였다. 태복은 비록 나이는 어리지만 일곱 번이나 연행을 하였기에 모든 일에 능숙하였다.

얼마 후, 낚시를 마친 어부가 물고기 다래끼를 거두고 짧은 삿대로 저어 버드나무 그늘로 나오자, 대여섯 척의 작은 배들이 나오기 시작한다. 그들은 고깃배가 나오는 것을 보고 서로 앞다투어 도착하고서는 비싼 값을 받으려고 하였다. 사람들의 마음이 다급해질 때까지 일부러 기다린 뒤에야 비로소 나타나 건너게 해주다니 참으로 얄밉다.

배 한 척에 세 사람을 태웠고, 한 사람당 1초(鈔)(은 3전)씩 받았다. 배는 통나무를 파서 만들었다. 두보의 시 중에,

들배는 족히 두세 사람을 태울 수 있겠네

라는 시구는 바로 이를 가리킨 셈이다. 일행은 상하를 합하여 모두 열일곱 명이고, 말이 열여섯 필이다. 다 함께 배를 타고 강을 건넜다. 뱃머리에서 말굴레를 붙들고 강물을 따라 7, 8리를 내려가니 전날 통원보의 강들을 건널 때보다 더 위험하였다. 신요양의 영수사에서 묵었다. 이날 70리를 갔다. 밤에도 몹시 더워서 자다가 홑이불을 걷어차 약간의 감기 기운이 있었다.

작품 해설
작가 연보

작품 해설

1. 연암의 사상과 문학

연암 박지원(1737~1805)은 장인 이보천과 처숙인 이
양천의 지도를 받으면서부터 본격적으로 학업에 정진
하였다. 장인 이보천은 노론 학통을 충실히 계승한 산
림처사(벼슬하지 않고 은둔하며 글공부를 하는 선비)로 상
당한 명망이 있었다. 연암은 이러한 장인으로부터 사상
과 처세 면에서 커다란 감화를 받고, 시속時俗과 결코
타협하지 않으며 선비의 진정한 본분을 잊지 않는 자세
를 배웠다고 한다. 또한 홍문관 교리를 지낸 이양천은
시문詩文에 뛰어나 주로 문학 면에서 연암을 지도했는

데 그에게서 배운 《사기史記》의 심대한 영향은 연암의 작품 세계에서 지속적으로 발견된다.[1]

박지원의 《연암집》은 단순히 글을 모아 놓기만 한 책이 아니라 '문학 창작집'이라는 분명한 의식을 가지고 편찬되었으며, 창작에 관한 이론 또한 필요한 곳마다 적절하게 삽입되어 있다. 연암의 초기문학 작품에 속하고 《연암집》 권8에 수록된 《방경각외전》의 창작 동기는 그의 아들이 쓴 〈과정록過庭綠〉에서 찾아볼 수 있는데, '세상의 교우관계가 오로지 권세와 이익만을 좇아 염량세태炎凉聚散하는 정태가 가관인 것을 증오해서 일찍이 구전을 지어 기자했다.'고 기록되어 있다.

〈마장전〉, 〈예덕선생전〉, 〈광문자전〉, 〈김신선전〉, 〈민옹전〉, 〈양반전〉, 〈우상전〉, 〈봉산학자전〉, 〈역학대도전〉의 9전傳으로 구성된 이 작품집은, 연암이 우울증을 달

---

1) 《박지원 문학연구》, 김명호 저, 성균관대학교 대동문화연구원.

래기 위해 이야기꾼들을 불러 모아 시정의 기이한 인물이나 사건에 대한 소문을 듣던 과정에서 취재한 것으로 알려져 있다. 현전하는 것은 〈봉산학자전〉, 〈역학대도전〉을 제외한 7전이다. 이 작품들은 연암이 보고, 듣고, 겪었던 이야기를 중심으로 쓰인 것이기에, 《방경각외전》이 '소설'이냐 '전'이냐 하는 장르 문제에 대해서 학계에서는 아직도 의견이 분분한 입장이다.

이 책에서는 《방경각외전》에 실린 현전하는 일곱 작품과 더불어, 《열하일기》에 수록된 〈호질〉, 〈허생전〉, 《연암집》〈연상각선본〉에 실려 있는 〈열녀함양박씨전〉, 《연암집》 권14 《열하일기》에 수록된 기행문인 〈하룻밤에 아홉 번 강물을 건너다—夜九渡河記〉, 《연암집》 권11 《열하일기》 중 〈도강록〉의 7월 8일자 일기인 〈통곡할 만한 자리〉에 대해 살펴보기로 하겠다.

2. 내용 살펴보기

《방경각외전》에 수록된 개별 작품은 각각의 주제가 있지만, 수록된 작품을 아우르며 《방경각외전》을 관류貫流하는 주제는 '타락한 사대부들의 각성을 촉구하며 연암이 가하는 일침'이라 볼 수 있겠다.

1) 심안心眼으로 바라보기
　　– 〈예덕선생전〉, 〈광문자전〉,
　　　〈하룻밤에 아홉 번 강물을 건너다〉

〈예덕선생전〉에서 선귤자(이덕무)는 천한 역부인 엄행수를 '예덕선생'이라 부른다. 그러면서 현실에 만족하며 사는 그를 사리사욕만 채우며 만족할 줄 모르는 사대부보다 훨씬 훌륭한 인물이라 예찬하고 있다. 연암은 선귤자의 말을 빌려, '오직 마음으로 사귀어 덕으로 벗을 삼아야 하느니라.' 라고 말하며 이것을 이른바 '도의지교道義之交'라 정의 내렸다.

그리고 〈광문자전〉에서의 광문은 걸식하는 거지이지만, 우직하고 믿음직스러운 성격 때문에 사람들에게 두터운 신임을 받는 존재이다. 위의 두 작품에서 알 수 있듯이, 연암은 신분의 높고 낮음을 떠나 사람의 됨됨이에 따라 그 사람의 가치가 결정되는 사회를 갈망하고 있다. 이는 봉건적 위계질서가 중시되었던 조선사회에서는 결코 실현될 수 없었던 것이기에 연암은 소설의 힘을 빌려 이상을 실현하고자 했던 것이다.

〈하룻밤에 아홉 번 강물을 건너다一夜九渡河記〉는 연암이 중국에 다녀와서 보고 듣고 느낀 감상을 적은 기행문인《열하일기》에 수록된 작품이다. 연암은 같은 시냇물 소리라도 듣는 이에 따라 솔바람 소리, 산이 무너지는 소리, 개구리 울음소리, 대피리가 우는 소리, 천둥번개가 치는 소리, 거문고 소리, 찻물이 끓는 소리, 종

이창이 떨리는 소리로 들릴 수 있는데, 이는 듣는 이의 마음 상태에 따라 달라지는 것이라 말한다.

　어느 날, 연암은 사람들이 강을 건널 때 고개를 젖히고 하늘을 쳐다보며 건너는 것을 보았는데, 나중에 알고 보니 이는 사람들이 눈으로 보이는 두려움을 이겨내기 위한 방법이었던 것이다. 연암 역시 한밤중에 강을 건너는데, 다행히 밤이라 눈에 보이는 두려움은 없었으나 물소리가 크게 들려 그 두려움을 떨치기 힘들었다. 그러나 그는 '한 번쯤 물에 빠져도 좋다.'라는 생각으로 정신을 가다듬고 강을 건너 그 두려움을 이겨냈다.

　연암은 시냇물 소리를 들었던 경험과, 강을 건넌 경험을 바탕으로 보이는 것과 들리는 것에 현혹되지 말고 정신을 수양하고 마음을 깨끗이 하여 외물外物이 주는 두려움을 이겨내야 험한 세상에서 잘 살아갈 수 있다고 말한다.

2) 풍자의 눈으로 바라보기

　　– 〈마장전〉, 〈민옹전〉, 〈김신선전〉, 〈양반전〉,
　　〈우상전〉, 〈열녀함양박씨전〉, 〈호질〉

　연암의 작품을 논할 때 빼놓을 수 없는 것은 부조리한 것들에 대한 비판과 동시에 해학이 담겨 있는 그만의 독창적인 '풍자'이다. 풍자란 현실과 이상의 괴리에서 비롯되는 것이며, 동시에 현실과 이상의 차이를 날카롭게 의식하는 속성을 지닌다. 연암이 살았던 당대의 지배 이념인 유교는 더 이상 사회를 통제할 능력이 없게 되었고, 유교는 한낱 지배를 위한 이데올로기로서만 존재할 뿐, 객관적 현실은 이미 그 틀을 벗어나고 있는 실정이었다. 이와 같은 상황이 연암에게는 풍자의 대상으로 보이지 않을 수 없었던 것이다. 이처럼 연암의 작품에 풍자의 기법이 자주 등장하는 이유는, 연암이 살고 있는 현실과 그가 이루고자 하는 이상의 차이에서 기인한 것이다.

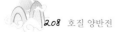

연암은 〈마장전〉을 통해 사대부들이 명리만 좇아 이합집산하고, 양반사회의 우도友道가 타락하는 현실을 개탄하면서, 민중과의 사귐으로써 진정한 우도의 실현을 기대했다. 〈마장전〉의 송욱, 조탑타, 장덕홍은 걸인이며 광인이다. 이들은 광통교 위에서 우정에 대하여 논하는데, 온 천하 사람들이 오로지 추종하는 것은 세勢와 명名과 이利뿐이라며 이해관계에 따라 달라지는 군자의 사귐에 대해 매우 부정적인 반응을 보인다. '친구를 사귀지 못하더라도 군자의 사귐은 하지 않겠다.'는 주인공의 말을 빌려 연암은 사대부들의 타락한 우도를 신랄하게 비판하고 있다.

　　〈민옹전〉에서의 민 영감은 기인으로 묘사된다. 우울증을 앓던 나는 민 영감이 들려주는 이야기 덕분에 증상이 호전되어 가는데 그 처방전은 다름 아닌 우리가 현실에서 당연하게 생각해 왔던 것들을 새롭게 바라보라는 '의식의 전환'이었다. 민 영감은 밥보다 좋은 보약은 없으며 현실에서 쉽게 구할 수 있는 구기자, 인삼 등을 불사약이라 말한다. 또한 귀신이나 신선의 존재를 현실적인 존재로 파악하며 사람이 능히 극복할 수 있는 대상으로 파악한다. 이는 기존 사대부들의 관념과는 상반되는 입장이다. 연암은 민 영감의 말을 빌려, 양반들의 허황된 환상과 믿음을 비판했던 것이다. 또한 '유식遊食'하는 양반층을 '칠척황충七尺蝗蟲'에 비유하며 이 세상에서 없어져야 할 것은 작은 해충들이 아닌 사대부로서의 제 구실을 못 하는 타락한 양반층이라고 역설하고 있다.

〈김신선전〉에서도 '김 신선(김홍기)'이라는 기인이 등장한다는 점에서 〈민옹전〉과 그 맥락을 같이한다. 이야기는 주인공인 '나'가 김 신선의 존재를 추적하는 플롯으로 구성되어 있다. 작품의 마지막에 드러나지만, 김 신선 역시 앞서 살펴본 민 영감처럼 신선이 아닌 은둔해서 사는 현실적 존재이며 여항인(벼슬하지 않은 일반 백성)으로 추측해 볼 수 있다. '벽곡하는 사람들이 반드시 신선은 아닐 것이며, 그들은 아마도 뜻을 얻지 못해

울적하게 살다 간 사람들일 것이다.' 라는 말을 빌려 연암은, 신선이란 우리와 동떨어진 환상 속의 존재가 아니라 품은 뜻이 있어도 마음껏 펼 수 없었던 사람들—벼슬길로 나아가지 못한 사대부, 방외인 등—이라 말하고 있으며, 이들의 처지를 안타까워하며 연민을 느끼고 있다. 연암은 〈민옹전〉과 〈김신선전〉을 통해 신선, 귀신, 불사약이란 존재에 대한 양반들의 허황된 믿음을 비판하며, 조선사회에서 뜻을 펴지 못한 사람들의 입장을 대변하고 있다.

〈양반전〉에 등장하는 양반(정선 양반)은 그 부인의 말을 통해 '양반이란 한 푼어치도 안 되는 존재' 라고 묘사된다. 가난하여 환곡조차 못 갚을 처지에 놓인 양반은 그저 허울 좋은 껍데기일 뿐, 연암의 눈에는 실생활에서는 한 푼어치도 안 되는 존재로 보였던 것이다. 이와는 반대로 재물은 많지만 신분이 낮았기에 부당한 대우를 받았던 부자는 후에 정선 양반의 환곡을 대신 갚아주기로 하고 그와 신분을 맞바꾸기로 한다. 그러나 부당한 방법과 술수로 체면을 유지하며 이득을 얻는다는 내용의 양반 증서를 본 부자는 '양반이란 도둑놈과 다를 바 없다.'는 말을 남기며 다시는 양반이란 말을 입에 올리지 않았다. 연암은 이 작품에서 탁상공론만 늘어놓으며 의식주에 도움이 되는 생산노동에 참여하지 않는 양반의 허례허식을 비판하고 있다.

〈우상전〉의 주인공 이언진은 역관(통역관)이자 문장에 뛰어난 소질이 있었기에 일본에서 크게 명성을 떨쳤다. 그러나 조선에서 그는 재능을 인정받지 못했고 불우한 삶을 살다간 인물이었다. 연암은 우상의 재능을 알아주지 않는 시대를 원망했고, 우상의 작품들마저 그가 죽을 때 모두 불살라져 후세에 전해질 것이 없음을 안타까워하며, 자신이 간직했던 우상의 작품을 꺼내 세상에 전하고 있다. 우상은 시대의 희생양이라 볼 수도 있으며, 연암은 제대로 된 인재를 등용하지 못하는 세태를 비판하고 있는 것이다.

〈열녀함양박씨전〉 또한 앞서 언급한 작품과 비슷한

입장을 취하고 있다. '과부들이 아무리 수절을 한다 해도 죽음으로써 정절을 지키지 않으면 열녀가 아니다.'는 말로 압축될 수 있는 이 작품은 남성 중심의 가부장제 사회에서 조선사회가 여성에게 강요한 윤리의식이 얼마나 잘못된 것인가에 대한 연암의 신랄한 비판이 담겨 있다. 유교에서 말하는 격식과 윤리, 즉 '도道'라는 것은 표면상으로는 '순일무잡(순수하여 잡된 것이 없음)'하며 '사람이라면 반드시 지켜내야 할 그 무엇'이라는 당위성을 내세우고 있지만, 여성의 정절을 죽음으로써 지켜내기를 강요하는 그릇된 윤리의식은 이렇듯 모순적이며 부조리한 것이다. 조선사회가 여성에게 강요한 정절은 부조리와 모순을 넘어선 하나의 폭력이었던 것이다.

《열하일기》〈관내정사〉에 실려 있는 〈호질〉 역시 연암의 신랄한 풍자가 돋보이는 작품이다. 연암의 풍자는 〈호질〉에 이르러 정점에 이른다. 〈호질〉에서 연암은 호랑이의 말을 통해 유자儒者인 북곽선생의 위선과, 성이

다른 다섯 아들을 두고서도 정절에 대한 표창을 받은 동리자의 패륜을 폭로하고 있다. 밤에 몰래 동리자의 집을 드나들다가 길에서 호랑이와 마주친 북곽선생은 땅에 엎드려 비굴한 모습으로 목숨을 구걸한다. 또한 북곽선생은 날이 밝은 줄도 모르고 엎드려 있다가 새벽에 일하러 나가는 농부와 마주치는데, 양반의 체면을 세우기 위해 농부에게 둘러대는 모습은 당대 지배층의 이념이 얼마나 가식적인가를 적나라하게 보여주는 장면이라 볼 수 있다.

3) 개혁자의 눈으로 바라보기
 – 〈허생전〉, 〈통곡할 만한 자리〉

연암의 사상에서 무엇보다도 중요한 것은 이용후생利用厚生의 실학사상實學思想이다. 상공업의 진흥과 상품의 유통에 관심을 가졌던 연암의 이용후생학利用厚生學은 《열하일기》의 곳곳에서 발견된다.

우리나라에도 수레가 전혀 없음은 아니나 그 바퀴가 온전히 둥글지 못하고 바퀴자국이 틀에 들지도 않으니 이는 수레가 없는 것과 매한가지다. 그런데 사람들이 이르기를 "우리나라는 길이 험하여 수레를 쓸 수 없다." 하니 이 무슨 말인가? 국가에서 수레를 이용하지 않으니까 길이 닦이지 않을 뿐이다. (…) 이제 육진의 마포와 관선의 명주, 양남의 닥종이와 해서의 솜과 쇠, 남포의 생선, 소금들은 모두 백성들의 살림살이에서 그 어느 하나 없지 못한 것들이며 (…) 모두 우리 일상생활에서 서로 바꾸어 써야 할 것인데 지금 여기서는 흔해 빠진 물건이 저곳에서는 귀할 뿐만 아니라 이름은 들었으되 보지는 못함은 무슨 까닭인가? (…) 어떤 사람이 "왜 수레가 다니지 못하는가?"라고 묻는다면 그것은 한 마디로 말해 "사대부의 허물이다."[2]

---

2) 《고전소설론古典小說論 -조선후기 소설론의 전개, 박지원론》,
이상택, 윤용식 공저, 방송통신대학교 출판부, 재인용, 《열하일기熱河日記》

제시된 글은 연암이 중국에 갔을 때, 중국의 수레가 규격이 똑같으면서 중국 천하 곳곳을 다니는 것을 보고 우리나라의 수레 문제에 대한 비판적 입장을 취한 글이다. 수레가 제대로 발달되어 있지 않은 것은 곧 상품 유통의 문제와 직결되는 것이고, 이 문제는 북학파에서 주목했던 것이다. 이 문제는 〈허생전〉에서 장기도에서의 무역으로 전개된다. 〈허생전〉에서 연암은 수레뿐만 아니라 당시 조선의 경제문제를 비판하고 있다.

"내 처음으로 너희들과 이 섬에 들어올 때에는 먼저 부자로 만든 뒤에 문자도 따로 만들고 옷이나 갓 역시 새로 지으려고 했다." (p.117)

이용利用이 있은 뒤에야 후생厚生이 될 것이요 후생이 된 뒤에야 정덕正德이 될 것이다. 이용을 할 수 없고서는 후생할 수 있는 것이 드무니 생활이 이미 스스로 넉넉하지 못하다면 어떻게 능히 그 덕을 바르게 하리요.[3]

《열하일기》는 연암이 중국에 갔을 때 보고 들은 이야기를 중심으로 쓰인 기행문이다. 《열하일기》는 중국 청조의 현실에 대한 연암의 견문과 이에 기초하여 전개된 그의 북학론(청의 선진 문물을 받아들이자는 이론)으로 이루어져 있다. 이러한 연암의 견문과 북학론은 그의 독특한 인식론과 탁월한 문예적 기량에 의해 뒷받침됨으로써 '존명배청주의尊明排淸主義'에 사로잡혀 있던 당시 사람들에게 커다란 영향을 미치며 계몽적 효과를 거두었다. 《열하일기》에서 주목할 것은 내용뿐만 아니라 독창성을 보여주는 연암의 문체이다. 복고적 문예정책을 추진하던 국왕 정조가, 문풍의 타락을 초래한 장본인으로 연암을 지목하고 그에게 《열하일기》의 문체에서 탈피한 순정한 문체로 글을 지어 속죄하도록 명한 사건은, 연암 특유의 개성적인 문체가 당시 문단에 얼

---

3) 《고전소설론古典小說論 -조선후기 소설론의 전개, 박지원론》,
　　이상택, 윤용식 공저, 방송통신대학교 출판부, 재인용, 《열하일기熱河日記》

마나 커다란 영향을 끼쳤는가에 대한 방증(傍證)이다.

〈허생전〉은 앞서 살펴본 연암의 실학사상을 담은 작품이다. 주인공 허생은 장기도라는 일본이 무인도에서 도적들과 함께 무역을 하며 재물을 축적한다. 외국과의 무역은 북학파가 일관되게 주장했던 것으로, 연암은 이를 〈허생전〉 속에서 실증해 보이고자 한 것으로 볼 수 있다. 이와 동시에 연암은 독점을 통한 부의 축적은 백성을 해치는 것이라고 하여 배척하고 있다. 특히 위정자들이 이 방법을 쓴다면 분명 나라를 병들게 할 것이라 하여 독점의 폐해를 우려하고 있다. 연암은 부를 축적하되 국내의 유통구조를 확립해야 하고, 외국과의 교역으로써 실현해야 한다고 주장한다. 또한 허생(연암)은 무엇보다 우선적으로 경제적인 여건이 마련돼야 한다는 입장을 보인다. 그는 자신이 섬으로 데리고 온 도적들에게 '내 처음으로 너희들과 이 섬에 들어올 때에는 먼저 부자로 만든 뒤에 문자도 따로 만들고 옷이나 갓 역시 새로 지으려고 했다.' 고 밝히는 부분에서 연암의

이용후생 실학사상이 극명히 드러난다.

　허생의 비판의식이 집약적으로 드러난 곳은 이완과의 대화에서다. 이완과의 대화를 통해 연암은 신분을 가리지 않는 인재를 등용할 것과 존명배청주의에 사로잡혀 있던 당시 사람들에게 변발과 호복(만주인의 옷차림)을 제안하며 북벌론을 비판하고 있다.《열하일기》의 곳곳에서 드러나지만, 연암이 관찰했던 청은 우리나라와는 비교가 안 될 만큼 경제와 문화가 발달한 곳이었다. 이러한 나라에 맞서기 위해서는 그 나라 정세의 추이를 면밀히 살펴야 함은 물론 조선의 국력을 배양하는 것이 급선무였을 것이다. 그러나 당시 위정자들은 북벌사상만 강조하고 구체적인 실천 경륜은 결여하고 있었다. 연암은 〈허생전〉을 통해 이러한 위정자들의 허례허식을 비판하고 있는 것이다.

　〈호곡장론〉, 〈통곡할 만한 자리〉라는 제목으로 불리는 이 작품은 기행문이자 《연암집》 제11권 《열하일기》 중 〈도강록〉의 7월 8일자 일기이다. 《열하일기》는 연암이 1780년, 삼종형 박명원의 개인 수행원 자격으로 동행하여 압록강을 건너 북경과 열하를 여행하면서 쓴 일기이다. 좁은 조선 땅에서 벗어나 드넓은 요동벌판에서 느낀 감회를 서술한 글로, 연암은 그곳을 '한바탕 울기 좋은 곳'으로 묘사하고 있다. 사람들은 보통 슬플 때만 울음이 나는 것으로 생각하고 있다. 그러나 연암은 칠정七情(喜怒哀懼愛惡慾)의 감정이 극에 달하면 칠정 모두에서 울음이 날 수 있으며, 억눌러 있던 감정을 표출하는 데는 울음보다 빠른 것이 없다고 말한다.

아기가 어머니의 태중에 있을 때에는 캄캄하고 막히고 걸려 갑갑하게 지내다가, 갑자기 넓고 또 환한 곳으로 빠져 나와 손을 펴고 발을 펴므로, 그의 마음이 시원할 것인즉 어찌 한 마디 참된 소리로 마음껏 외치지 않겠는가. (p.195)

연암은 아기의 울음소리를 진정한 소리 즉, '참된 소

리'라 말하고 있다. 사람들은 보통 슬플 때 울어야 한다고 마음속으로 정해 놓고 울음을 터뜨리니 진정한 소리를 낼 수 없는 것이고, 사방이 막혀 있는 답답한 곳에선 시원한 울음을 터뜨릴 수도 없다는 것이다. 연암은 본성에 충실한 아기의 가식 없는 울음소리를 본받아야 한다고 말하며, 조선에서는 비로봉이나 황해도 장연 같은 곳도 울어볼 만한 장소라 하고, 요동의 탁 트인 벌판 역시 한바탕 울어볼 만한 장소라 말한다. 연암은 이 글을 통해 인간이 가진 감정에 대해 새로운 시각으로 볼 수 있게 해주며 아울러 '한바탕 울기 좋은 곳'이라는 비유를 통해 요동의 광활함을 다시 한 번 강조하며, 좁은 시야에서 벗어나 세상을 넓게 보는 관점을 가져야 한다고 역설한다.

3. 마치며

시대의 한복판에 위치한 사람은 그 시대를 읽어내기 힘들다. 그러나 연암은 존명배청주의에 사로잡혀 있던 당대 지식인들과는 달리, 청의 발달된 문물 속에서 낙후된 조선의 현실을 극복할 수 있는 희망의 빛을 찾아냈다. 뒤늦게 관직에 나아가서도 자신의 입신양명에 연연하지 않았으며, 당대 보수적인 사대부들과 맞서 현실적이고 진보적인 사상을 견지하며 문학인으로서, 사상가로서의 역량을 아낌없이 보여주었다.

그러나 연암의 진보적인 문학과 사상은 당대에 정당한 평가를 받지 못했다. 그의 문학과 사상은 후에 손자인 박규수에게 전승되었으나 빛을 보지 못하고, 20세기 초에 들어서야 비로소 그의 업적은 적극적인 평가를 받게 되었다. 연암은 고문古文의 전통을 충실히 계승하면

서도 격식이나 규범에 얽매이지 않았고, 소설식 문체와 조선 고유의 속어, 속담, 지명 등을 구사하여 개성이 뚜렷한 작품을 남겼다. 법고창신法古創新(옛것을 바탕으로 새롭게 창조함)을 골자로 한 그의 문학론은 당대에 맹목적으로 고문을 모방하려 했던 사대부들의 의고주의擬古主義를 비판하며 독자성을 확보하였다.[4]

소설은 어떠한 현상이나 사실을 고백하는데 머물러서는 안 되며 자기반성을 담고 있어야 한다는 어느 작가의 말처럼, 타락한 양반층을 비판하고 조선사회를 풍자한 것은 부조리한 당대 현실에 대한 연암의 일침이었으며 동시에 조선인으로서, 사대부로서 살아갔던 연암 자신의 치부를 드러내는 부끄러운 고백이자 스스로에 대한 반성이었을 것이다.

연암의 소설은 현재를 살고 있는 우리에게는 고문古

---

4) 《박지원 문학연구》, 김명호 저, 성균관대학교 대동문화연구원.

文이 되었지만, 글이라는 힘을 빌려 전하고자 했던 그의 사상은 근대화에 영향을 끼쳤음은 물론이고 오늘을 살아가고 있는 우리에게도 시사하는 바가 크다. 과거와 현재의 소통이며 동시에 미래에 대한 방향을 제시하는 지침이 되어주는 것은 비단 역사뿐만이 아니다. 작가는 현재를 살아가면서도 미래를 감지할 수 있는 예지적인 촉수를 지닌 존재여야 한다. 연암과 같이, 문자의 힘을 빌려 당대의 현실을 바탕으로 미래에 대한 청사진을 제시하며 더불어 그것이 재미든, 교훈이든 사람의 마음을 움직일 수 있는 무언가를 글 속에 담아낼 수 있는 작가라면, 그의 작품은 시대를 뛰어넘은 가치를 지닌 고전 古典이며, 그의 혜안은 문학을 살아 있게 만드는 힘인 것이다.

　조선시대 사대부들의 궁극적인 목표는 현실정치로 나아가 자신의 힘으로 태평성대를 이루는 것이었다. 일찍이 과거에 응시해서 벼슬길로 나아갈 수 있는 재능을 지녔지만, 굳이 어려운 길로 돌아갔던 연암이 기존의

인습을 타파하고 당대 지식인들의 사상과 인식을 전환하고자 고뇌했던 과정에서 겪었을 시련과 번민은 우리가 짐작하는 것 이상의 큰 고통이었을 것이다. 제도라는 틀에서 벗어나 기존의 안전선을 비껴가는 사람들은 필연적으로 외로운 존재일 수밖에 없다.

선구자적 근대의식과 개혁정신을 지닌 연암이 가야 했던 길은 오늘날 우리의 눈으로 보기엔 지극히 양심적인 유학자의 길이며, 찬사를 보내고 싶을 만큼의 가치 있는 일이었지만 그 이면엔 한 사람의 존재로서 감내해야만 했던 외로움이 있었다는 것도 잊어서는 안 될 것이다. 〈민옹전〉에서도 언급된 연암의 우울증은 현실과 이상의 괴리에서 비롯된 것이며 동시에 남들이 '가지 않은 길'을 걸어야 했던 외로움에서 기인한 것인지도 모른다.

부조리하고 비극적인 현실도 연암의 붓끝에선 씁쓸한 웃음이 된다. 조선사회의 유교라는 화석화된 이념 속에 가려진 가공되지 않은 현실을 날카롭게 포착해 내고, 육안이 아닌 심안으로 현실을 바라보며, 한낱 몽상가적 이상이 아닌 가능성 있는 미래를 설계한 연암이었기에 그의 문학과 사상은 세월의 경계를 넘어 현재를 살아가는 우리의 감수성을 전율시키기에 모자람이 없다. 시대를 뛰어넘어 오늘날 우리가 연암을 마주해야 하는 이유가 여기 있는 것이다.

작가 연보

1737년 음력 2월 5일	한양 서쪽 반송방盤松坊 야동冶洞(지금의 서울 새문안. 야동은 1850년대 방각본 고소설을 간행하던 곳)에서 아버지 반남 박 씨 박사유朴師愈(1703~1767)와 어머니 함평 이 씨의 2남 2녀 중 막내로 태어났다. 휘는 지원, 자는 중미, 호는 연암이었다.
1739년(3세)	형 희원이 장가를 들다. 형수는 이 씨로 16세에 시집와서 어린 연암을 잘 돌보았다.
1741년(5세)	경기도 관찰사를 제수 받은 조부를 따라갔다가 한 번 본 감영의 모양과 칸수를 말하였다.
1752년(16세)	관례를 올리고 이보천李輔天의 딸과 혼인했다. 장인에게 《맹자孟子》를 배우고, 처숙인 홍문관 교리 이양천에게 《사기史記》를 배우며 본격적으로 학문을 시작하였다.

1754년(18세)	우울증으로 고생해서 사람들을 청해 재미있는 이야기를 들으면서 병을 고쳐보고자 했다. 〈민옹전〉에 나오는 민유신을 만난 것도 이 무렵이다. 거지 광문의 이야기로 〈광문자전〉을 썼다.
1755년(19세)	연암의 학문을 지도했던 영목당 이양천이 40세의 나이로 별세했다. 연암은 그의 죽음을 애도하여 〈제영목당이공문祭榮木堂李公文〉을 지었다.
1756년(20세)	김이소, 황승원, 홍문영, 이희천, 한문홍 등과 북한산 봉원사 등을 찾아다니며 공부했다. 봉원사에서 윤영을 만나서 허생의 이야기를 전해 들었다. 이 무렵 〈마장전〉과 〈예덕선생전〉을 지었다.
1757년(21세)	시정의 기이한 인물이나 사건을 듣고 《방경각외전》을 썼다. 불면증과 우울증이 깊어졌다.

1759년(23세)   어머니 함평 이 씨가 59세의 나이로 별세했다. 《독례통고讀禮通考》(북학파 인사들의 관심을 모은 책)를 초抄하였다. 후일 이종목李鍾穆에게 출가한 큰딸이 태어났다.

1760년(24세)   조부 박필균朴弼均이 76세의 나이로 별세했다. 조부는 노론을 지지했던 선비로 사간원정언, 경기관찰사, 예조참판, 공조참판 등을 지내고 돈령부지사에까지 이르렀다. 조부의 신중한 처신과 청렴한 생활은 연암에게도 큰 영향을 끼쳤다.

1761년(25세)   북한산에서 독서에 매진하였는데 이때 수염이 은백이 되었다고 한다. 단릉 처사 이윤영에게 주역을 배웠고 이 해에 홍대용을 만났다.

1764년(28세)   효종이 북벌 때 쓰라고 송시열에게 하사했다는 초구를 구경하고 〈초구기貂裘記〉를 썼다. 〈양반전〉과 〈서광문전후〉를 지었다.

| 1765년(29세) | 벗 김이중이 나귀를 팔아 마련해 준 돈으로 가을에 유언호, 신광온 등과 금강산을 유람하였다. 삼일포, 사선정 등 금강산 일대를 두루 돌아보고 〈총석정 해돋이[叢石亭觀日出]〉를 썼는데, 이 글은 《열하일기》에도 수록되어 있다. 판서 홍상한이 이 작품을 보고 격찬했다고 한다. 〈김신선전〉을 지었다. |

- -

| 1766년(30세) | 장남 종의가 태어났다. 홍대용이 중국 문인들과 나눈 필담을 정리한 〈건정동회우록乾淨衕會友錄〉의 서문을 썼다. 홍대용과 중국 사람들의 우정을 예찬하고, 청을 무조건 배격하는 사람들을 비판하는 내용이다. |

- -

| 1767년(31세) | 아버지 박사유가 65세의 나이로 별세했다. 장지 문제로 녹천 이유 집안과 시비가 벌어졌다. 이 일로 상대방의 편을 들어 상소를 올렸던 이상지가 스스로 관직에서 물러난 것을 보고 이때부터 연암도 스스로 벼슬길을 단념하였다. 삼청동에 있는 무신 이장오의 별장에 세를 얻어 살기 시작했다. 〈우상전〉, 〈역학대도전〉, 〈봉산학자전〉을 지었다. |

1768년(32세)	백탑 근처로 이사해 이덕무, 이서구, 서상수, 유금, 유득공 등과 가까이 지내며 학문적 교유를 가졌다. 박제가, 이서구가 제자로 입문하였다.
1769년(33세)	이서구가 쓴 문집인 《녹천관집綠天館集》의 서문 〈옛 사람을 모방해서야綠天館集序〉를 썼다.
1770년(34세)	감시의 양장에서 모두 일등으로 뽑혔다. 입궐하여 영조에게 극찬을 받았다. 많은 이들이 박지원을 급제시켜 공을 세우려 했으나, 회시에 응하지 않았고 응시하더라도 시권을 제출하지 않거나 아예 노송과 괴석을 그려 제출하여 벼슬할 뜻이 없음을 밝혔다. 이후 다시는 과거를 보지 않았고 술을 많이 마시게 되었다.
1771년(35세)	큰누님 박 씨가 43세로 별세했다. 누님의 죽음을 슬퍼하면서 〈백자증정부인박씨묘지명伯姊贈貞夫人朴氏墓誌銘〉을 썼다. 이덕무, 백동수 등과 송도, 평양을 거쳐 천마산, 묘향산, 속리산, 가야산, 단양 등 명승지를 두루 유람했고, 황해도 금천 연암골을 보고는 몹시 좋아했다.

1772년(36세) 가솔들을 광릉 석마향石馬鄕(지금의 경기도 분당 일대)에 있는 처가로 보내고 서울 전의감동에 혼자 살기 시작했다. 가까이 지내던 홍대용, 정철조, 이서구, 이덕무, 박제가, 유득공 등 여러 벗들과 더욱 친하게 사귀었다.

1773년(37세) 유득공, 이덕무와 서도를 유람했다. 허생의 이야기를 해주었던 윤영을 또 만났다.

1776년(40세) 북학파의 문집인《한객건연집》이 출간되었다. 이 책은 조선후기 북학파 실학자 이덕무, 유득공, 박제가, 이서구 등 4명의 시를 모아 엮은 책이다. 중국인 이조원이 '사가지시四家之詩'라 하여《사가시집四家詩集》으로 더 유명하였다.

1777년(41세) 장인 이보천이 64세의 나이로 별세했다. 장인을 추모하는 글 〈제외구처사유안재이공문祭外舅處士遺安齋李公文〉을 썼다.

1778년(42세) 가난한 집안 살림을 도맡아 왔던 형수 이 씨가 55세로 별세했다. 서울 생활을 청산하고 홍국영의 견제를 피해 연암골에 은둔하였다. 초가삼간을 장만하고 손수 뽕나무도 심었다. 형수의 유해를 연암으로 옮기고 〈백수공인이씨묘지명伯嫂恭人李氏墓誌銘〉을 썼다.

- -

1779년(43세) 이덕무, 박제가, 유득공이 규장각 검서로 발탁되었다. 이 무렵에 쓴 〈답홍덕보서答洪德保書〉 세 통은 홍대용에게 연암골 생활을 전하고, 세 사람이 기용된 것을 축하한 편지들이다.

- -

1780년(44세) 정조 4년, 홍국영이 실각하자 서울로 돌아와 처남 이재성의 집에 머물렀다. 삼종형인 금성도위 박명원의 자제군관子弟軍官 자격으로 북경에 갔다. 5월에 떠나 6월에 압록강을 건넜고, 8월에 북경에 들어갔다가 열하에 들러 다시 북경으로 돌아와 10월에 귀국하였다. 돌아오자마자 《열하일기》를 쓰기 시작했다. 둘째 아들 종채가 태어났다. 〈허생전〉, 〈호질〉을 짓다.

1781년(45세)	당시 영천 군수로 있던 홍대용은 얼룩소 2마리, 공책 20권, 돈 200민緡 등을 보내면서 연암의 《열하일기》 저술을 격려해 주었다. 박제가가 쓴 《북학의北學議》에 서문을 썼다.
1783년(47세)	벗이었던 담헌 홍대용이 53세로 죽었다. 손수 염을 하고, 담헌이 중국에서 만난 벗 손유의에게 부고를 전했다. 〈나의 벗 홍대용洪德保墓誌銘〉을 썼다. 이 충격으로 이후 연암은 음악을 끊었다. 《열하일기》의 첫 편 〈도강록渡江錄〉의 머리말을 썼다.
1786년(50세)	정조 10년 유언호가 천거하여 선공감감역에 임명되었다. 연암이 처음 출사하자 노론 벽파의 실력자 심환지, 정일환 등이 찾아와 자파로 끌어들이려 했으나 연암은 그때마다 해학적인 말로 쫓아냈다.
1787년(51세)	부인 전주 이 씨가 51세로 죽었다. 부인의 상을 당하여 이를 애도한 절구 20수를 지었다 하나 전하지 않는다. 박지원은 그 뒤로 계속 혼자 지냈다. 큰형 희원이 58세로 별세했다. 연암골에 있는 형수의 무덤에 합장했다.

1788년(52세)	부인이 죽은 지 1년 만에 맏며느리 덕수 이 씨가 전염병으로 죽었다. 장남 종의도 위독했으나 회생했다. 끼니를 끓여줄 사람이 없어 주위에서 다시 처를 얻으라고 했으나 듣지 않았다.
1789년(53세)	정조 13년, 평시서주부로 승진했다. 가을에 공무의 여가를 얻어 다시 연암골로 들어갔다.
1790년(54세)	삼종형 박명원이 66세로 별세했다. 누구보다 연암의 뛰어난 재질을 아끼고 사랑했던 형이었다. 박지원은 〈삼종형금성위증시충희공묘지명三從兄錦城尉贈諡忠僖公墓誌銘〉을 썼다. 사복시주부로 전보되었으나 사퇴하였다. 사헌부감찰로 전보되었으나 사퇴하였다. 제릉령에 임명되자 한가로운 곳에서 마음대로 독서하고 저술할 수 있게 된 것을 기뻐했다.
1791년(55세)	정조 15년, 한성부판관에 임명되었다. 모함을 받아 강등되어 겨울에는 안의현감에 제수되었다.

1792년(56세)	1월, 임지인 안의에 도착했다. 안의는 거창현과 함양군을 이웃에 두고 있었으며 당시 인구는 5천여 호였다. 문체반정의 바람이 서서히 일기 시작했다.

1793년(57세)	《열하일기》로 잘못된 문체를 퍼뜨린 잘못을 속죄하라는 정조의 하교를 받고 〈답남직각공철서答南直閣公轍書〉를 썼다. 임금의 문책을 받은 처지로 새로 글을 지어 잘못을 덮으려하는 것은 오히려 누가 되는 일이라는 내용이었다. 벗 이덕무가 53세로 죽었다.
	벽돌을 구워 관아에 새로 정각들을 지었다. 이때 지나친 수절 풍습을 비판한 〈열녀함양박씨전병서烈女咸陽朴氏傳并序〉를 썼다. 계속 유한준의 모함을 받았다.

1794년(58세)	장남 종의가 성균시成均試에 응시하려 하자, 이서구가 성균관장으로 있다고 편지를 보내 응시하지 못하게 하였다.

1795년(59세)   차남 종채가 혼인하였다.

- -

1796년(60세)   안의현 백성들이 송덕비를 세우려 하자 자기
　　　　　　　뜻을 몰라서 하는 일이라며 크게 꾸짖고, 세우
　　　　　　　지 못하게 했다. 안의현감 임기가 끝나 서울로
　　　　　　　돌아왔다. 종로구 계동에 벽돌을 사용하여 계
　　　　　　　산초당을 지었다. 아들 박종채가 머물렀고, 손
　　　　　　　자 박규수가 이곳에서 태어났다. 제용감주부
　　　　　　　에 임명되었다가 의금부도사로 전보되었다.
　　　　　　　벗 유언호가 67세로 죽었다.

- -

1797년(61세)   정조 21년 7월, 면천군수에 임명되자 임금을
　　　　　　　알현하게 되었고, 이때 문체에 대한 이야기를
　　　　　　　다시 나누었다.

- -

1798년(62세)   연암이 있던 면천군에 천주교가 성행했으나,
　　　　　　　천주교도들을 크게 벌하지 않고 기회를 주어
　　　　　　　방면했다.

1799년(63세)	봄에 흉년이 들자, 안의에서 했던 것처럼 봉록을 덜어 백성을 구휼했다. 농서《과농소초 課農小抄》를 썼다. 〈부자들의 토지를 나누어 주어라限民名田議〉가 부록으로 붙어 있는데, 중국에 갔을 때 본 것들과 조선에 시행할 수 있는 것들을 묶어 14권의 책으로 엮었다. 정조가 이 책을 보고 농서대전을 박지원에게 편찬케 해야겠다는 말을 하였다.
1800년(64세)	정조 24년 6월에 정조가 승하했다. 8월에 양양부사로 승진했다.
1801년(65세)	순조 원년, 봄에 양양부사를 그만두고 서울로 왔다. 신유박해가 일어났다.
1802년(66세)	겨울, 아버지의 묘를 포천으로 이장하려다가 유한준이 방해하여 좌절되었다. 유한준은 평소 연암에게 유감을 갖고 있어《열하일기》에 대해 '오랑캐의 연호를 쓴 책'이라며 비방을 일삼았던 사람이다.

1805년(69세)	순조 5년 10월 20일, 한양 가회방 재동 자택의 사랑에서 69세 나이로 생을 마감했다. 홍대용이 그랬던 것처럼 반함飯숌(염습할 때에 죽은 사람의 입에 구슬이나 쌀을 물림)하지 말고, 다만 깨끗하게 씻어 달라고만 유언을 남겼다.
1900년 (사후 95주년)	김택영이 편찬한 《연암집》이 간행되었다.
1910년 (사후 105주년)	융희 4년, 정경대부正卿大夫에 추증되고 '문도공文度公'이란 시호를 받았다.